地图上的红楼梦

第二册

星球地图出版社
STAR MAP PRESS

图书在版编目（CIP）数据

地图上的红楼梦 / 许盘清主编；星球地图出版社编著．
-- 北京：星球地图出版社，2025.1--（带着地图读四大名著）．

ISBN 978-7-5471-3087-2

Ⅰ．①地… Ⅱ．①许… ②…星 Ⅲ．①中国文学－名著－通俗读物 Ⅳ．① I207.411

中国国家版本馆 CIP 数据核字第 20246NY043 号

地图上的红楼梦（第二册）

出版发行	星球地图出版社
地址邮编	北京市海淀区北三环中路 69 号 100088
网　　址	www.starmap.com.cn
印　　刷	廊坊一二〇六印刷厂
经　　销	新华书店
开　　本	185 毫米 ×260 毫米　16 开
印　　张	8
版　　次	2025 年 1 月第 1 版
印　　次	2025 年 1 月第 1 次印刷
审 图 号	GS（2024）4156 号
定　　价	218.00 元（套装 4 册）

联系电话：010-82028269（发行）、010-62272347（编辑）

版权所有　侵权必究

目 录

第三十一回	撕扇子作千金一笑	001
第三十二回	含耻辱金钏儿投井	004
第三十三回	动唇舌宝玉被打	007
第三十四回	袭人献计王夫人	010
第三十五回	玉钏品尝莲叶羹	013
第三十六回	绛芸轩宝钗绣鸳鸯	016
第三十七回	结诗社姐妹争诗魁	019
第三十八回	黛玉菊花诗夺魁	024
第三十九回	刘姥姥二进荣国府	027
第 四 十 回	金鸳鸯捉弄刘姥姥	030
第四十一回	刘姥姥醉卧怡红院	036
第四十二回	贾惜春始画大观园	039
第四十三回	宝玉出门祭金钏儿	044
第四十四回	变生不测凤姐泼醋	047
第四十五回	宝钗黛玉互诉衷肠	052

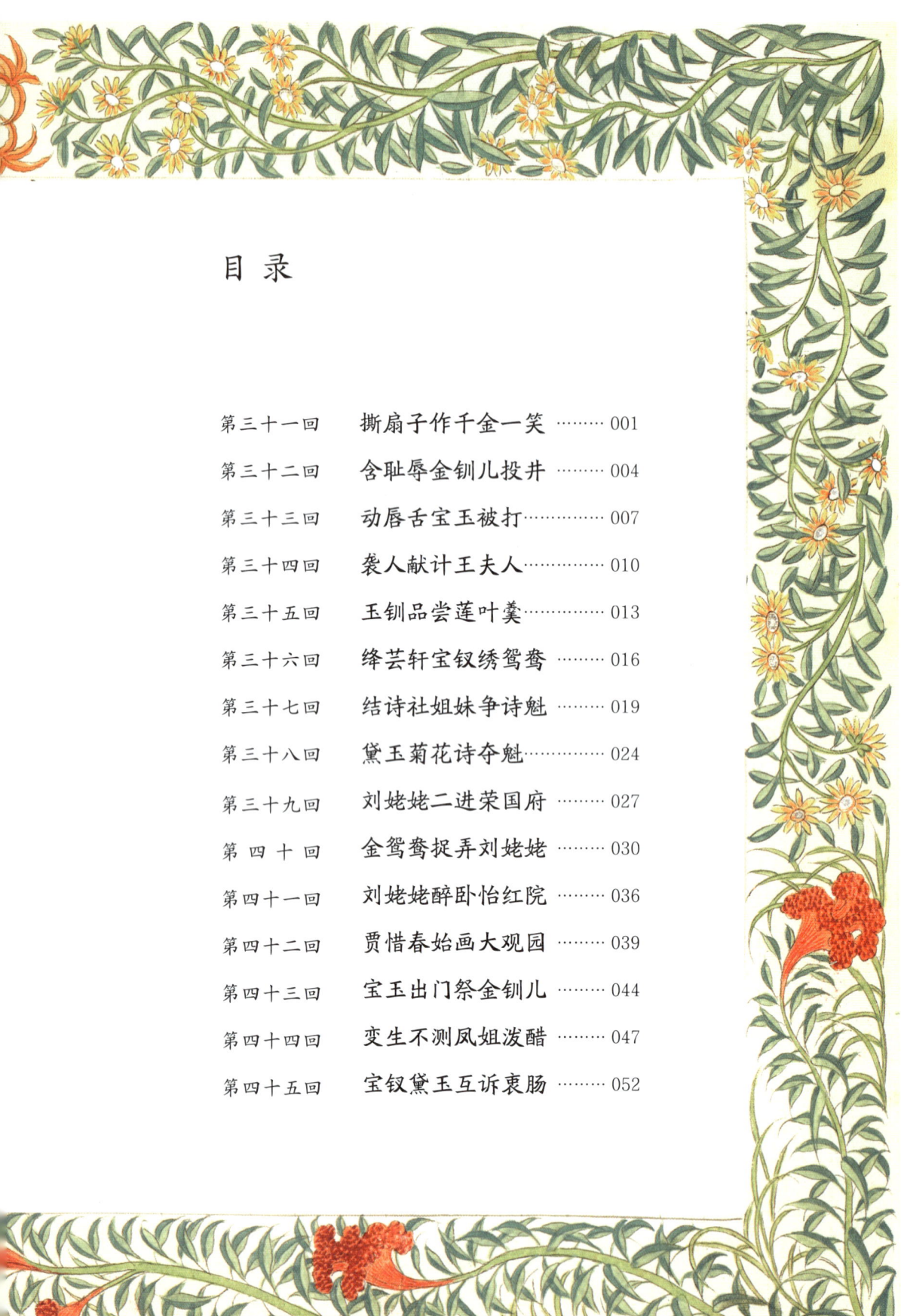

第四十六回	鸳鸯女誓绝鸳鸯偶	056
第四十七回	柳湘莲避祸远走他乡	060
第四十八回	香菱向黛玉学诗	064
第四十九回	众美集聚大观园	069
第 五 十 回	芦雪庭争联即景诗	073
第五十一回	胡庸医乱开虎狼药	078
第五十二回	勇晴雯病补孔雀裘	082
第五十三回	荣国府元宵开夜宴	086
第五十四回	史太君批评陈腐旧套	092
第五十五回	贾探春管理大观园	097
第五十六回	贾探春改革大观园	100
第五十七回	慧紫鹃情辞试莽玉	105
第五十八回	杏子阴假凤泣虚凰	110
第五十九回	柳叶渚春燕被打骂	114
第 六 十 回	茉莉粉替去蔷薇硝	118

湘云和翠缕来怡红院找袭人,谈论世间万物是否都有阴阳,后在半道中捡到一只金麒麟,二人查看。

第三十一回

撕扇子
作千金一笑

人物 晴雯

性格 口齿伶俐，洁身自好，烂漫天真

身份 贾宝玉的丫鬟

结局 抱屈而死

点  题

晴雯失手弄坏了扇子，宝玉心情不佳，说了她几句，两人便吵了起来。宝玉气得要打发晴雯出去，幸好被袭人拦住。晚上，宝玉劝解晴雯，并为博她一笑，将自己的扇子递给她撕。

这天正好是端午节，王夫人请薛家母女一起来庆祝。因众人兴致不高，酒席很快就散了。宝玉是个喜聚不喜散的人，散席后闷闷不乐，到房间后长吁（xū）短叹。偏偏晴雯给他换衣服时，失手将扇子掉在地上，摔坏了。宝玉便责怪她"顾前不顾后的"。

晴雯冷笑道："二爷气大得很，行动就给脸子瞧。前儿连袭人都打了，今儿又寻我的不是。要嫌我们就打发我们走，再挑好的使。好离好散的倒不好？"宝玉听了，气得浑身乱战，说道："你不用忙，将来有散的日子！"袭人听到了吵架声忙来劝解，结果晴雯连袭人都怼（duì）上了，还讽刺袭人"连个姑娘都没挣上，哪里就敢称我们了"。

宝玉气得要去禀（bǐng）明王夫人，将晴雯赶出去。晴雯听了，哭着说她就是一头碰死了也不出这门。宝玉却执意要去回禀王夫人，袭人见拦不住，只得跪下来。众人见袭人跪下了，也跟着跪下来。宝玉忙把袭

人扶起来，又叫众人起来，并向袭人抱怨，说就算他操碎了心也没人知道。宝玉说着就哭了，袭人也跟着哭了。晴雯刚想说话，突然见黛玉进来，就出去了。

黛玉问大家怎么都哭了，还拍着袭人的肩，笑道："好嫂子，一定是你两个拌嘴了。告诉妹妹，替你们劝和劝和。"袭人请求黛玉不要乱说，还说她如果不是还有一口气，早被气死了。黛玉笑着说，袭人死了，她就哭死。宝玉笑道："你死了，我做和尚去。"林黛玉将两个指头一伸，抿嘴笑道："做了两个和尚了。我从今以后都记着你做和尚的遭数儿。"宝玉听了，笑了一下。

晚上，宝玉从外面回来，看到有人在乘凉枕榻（tà）上睡觉，以为是袭人，便去推她，问道："疼得好些了？"那人翻身起来说："何苦来，又招我！"宝玉一看，原来是晴雯。宝玉将晴雯拉到身边坐下，笑着说她越来越娇纵任性了，又让晴雯拿水果给他吃。晴雯说，她哪里还配拿水果，万一打破盘子怎么办？宝玉笑道："你爱打就打，就是扇子你撕着玩也可以。"晴雯听了，便笑着叫宝玉拿扇子给她撕。宝玉将扇子递与她，晴雯接过来，将扇子撕了，两人开怀大笑。

次日中午，史湘云来了，跟众姐妹在贾母房中说笑。众人散后，湘云因要送袭人戒指，便带着丫鬟翠缕去怡红院。两人一边走，一边谈论世界万物是否都有阴阳。突然，湘云见蔷薇架下有个金麒麟，比自己带的那个还大，就捡起来细看。正巧宝玉从那边走来，湘云就把金麒麟收起来，跟宝玉一起走进怡红院。

 **经典名句**

人有聚就有散，聚时欢喜，到散时岂不清冷？

花开时令人爱慕，谢时则增惆怅。

天地间都赋（fù）阴阳二气所生，或正或邪，或奇或怪，千变万化，都是阴阳顺逆。

经典原文

袭人忙拉了宝玉的手道："他一个糊涂人，你和他分证什么？况且你素日又是有担待的，比这大的过去了多少，今儿是怎么了？"晴雯又冷笑道："我原是糊涂①人，哪里配和我说话呢！"袭人听说，道："姑娘倒是和我拌嘴②，是和二爷拌嘴呢？要是心里恼我，你只和我说，不犯着当着二爷吵；要是恼二爷，不该这么吵得万人知道。我才也不过为了事，进来劝开了，大家保重。姑娘倒寻上我的晦气③。又不像是恼我，又不像是恼二爷，夹枪带棒④，终究是个什么主意？我就不多说，让你说去。"说着便往外走。宝玉向晴雯道："你也不用生气，我也猜着你的心事了。我回太太去，你也大了，打发你出去好不好？"晴雯听了这话，不觉又伤心起来，含泪说道："为什么我出去？要嫌我，变着法儿打发我出去，也不能够。"

注释：①糊涂：思维混乱、不清。②拌嘴：吵架。③寻晦气：找碴（chá）儿。④夹枪带棒：指言语中暗藏讽刺。

 **课外试题**

宝玉为什么要拿扇子给晴雯撕？这体现了宝玉怎样的性格？

因为宝玉爱惜晴雯，精神能够开心。这体现了宝玉善待身边人的性格。

第三十二回
含耻辱
金钏儿投井

点  题

宝玉误将袭人认作黛玉，向她表白了心迹。

　　宝玉见金麒麟失而复得，非常高兴。袭人和湘云谈话时，都在赞扬宝钗豁（huò）达大度。宝玉听了，怕黛玉知道了多心，就让她们别提了。湘云心直口快地将宝玉的想法说出来。袭人忙请湘云做鞋，岔开话题。

　　三人正聊着天，就见有人来说，贾政叫宝玉去见贾雨村。宝玉因不想和官府中的人来往，便一边换衣服一边抱怨贾雨村每次来都要见他。湘云便劝宝玉，现在长大了，就算不愿读书去考举人进士，也应该常常和那些当官的人多说一些仕途经济方面的学问。

　　宝玉很不想听这样的话，于是就叫湘云去别处坐坐。袭人让湘云别生气，又说上次宝钗也这样劝过宝玉，结果话没说完宝玉就走了，让宝钗非常难堪（kān），又说幸好是宝钗，如果是黛玉不知又怎么闹了。

　　宝玉说黛玉从不说这样的混账话，要是说了，他也和她生分了。正巧，黛玉担心宝玉和湘云因金麒麟而做出"风流佳事"来，就悄悄前来探察，无意中在窗外听见宝玉的话，深为感动，却又感伤自己薄命，流下眼泪，悄悄离开了。

　　宝玉换好衣服出来，看见黛玉在前面走，急忙上前，见黛玉脸上有

袭人给宝玉送扇子,不小心听见宝玉给黛玉表白的话语。

泪痕,就问她怎么哭了,黛玉说她没哭。两人说话时,因黛玉提到了金麒麟,宝玉怕黛玉多心,就说:"你放心。"黛玉说道:"我不明白这句话。"宝玉心中有很多话,却一句话也说不出来,黛玉也是如此。两人对视半天,一句话都说不出来。

因宝玉忘记带扇子,袭人给他送来,远远地见黛玉走了,宝玉还站着发呆,便上前和他说话。宝玉以为袭人是黛玉,就跟她倾诉心意,还说"睡里梦里也忘不了你"。袭人听了,吓得魄消魂散,忙推他道:"老爷叫你呢,还不快去。"宝玉这才清醒过来,羞得满面红胀,夺了扇子,急急忙忙地跑了。

宝玉走后,袭人才想起,宝玉刚才的话应该是跟黛玉说的,便思考用什么方法才能避免宝玉和黛玉做出违背礼教的事。袭人正想着,突然宝钗走来,笑道:"大毒日头底下,出什么神呢?"袭人忙说她正在看麻雀打架。

两人正说话,突然一个老婆子走来,说王夫人的丫鬟金钏儿投井自杀了。宝钗听了转身就走。宝钗到了王夫人房中,见王夫人正在垂泪,便不好提金钏儿投井的事,只在一旁坐着。宝钗听王夫人说,金钏儿弄

005

坏了她一件东西，她一气之下将金钏儿撵了出去，不料金钏儿竟投井自尽了。王夫人还说她觉得自己罪过大，想好好安葬金钏儿，却没有新衣服给金钏儿妆裹（guǒ）。宝钗便说她可以拿自己的两套新衣服给金钏儿妆裹，一边说一边回去拿衣服。

宝钗取了衣服回来，见宝玉在王夫人旁边坐着流泪，王夫人正要训斥宝玉，见宝钗来了，就闭口不说了。宝钗见了，猜到了大致情况，将衣服交接好了，就先行离开了。

主雅客来勤。

我也不敢称雅，俗中又俗的一个俗人。

这里袭人见他去了，自思方才之言，一定是因黛玉而起，如此看来，将来难免不才之事①，令人可惊可畏。想到此间，也不觉怔（zhèng）怔的滴下泪来，心下暗度（duó）②如何处治方免此丑祸。正裁疑间，忽有宝钗从那边走来，笑道："大毒日头地下，出什么神呢？"袭人见问，忙笑道："那边两个雀儿打架，倒也好玩，我就看住了。"

注释：①不才之事：指不正经的事情。②暗度：这里指暗中思量。

课 外 试 题

黛玉听见宝玉的话，为什么流泪并独自离开？

黛玉因王夫人的话伤心，同时对贾府以及对自己与宝玉未来婚事的担忧，所以流泪并独自离开。

第三十三回

动唇舌
宝玉被打

人物	贾环
性格	淘气顽劣、狭隘自私，卑鄙恶毒
别名	环哥儿、环三爷
身份	贾政的庶子、宝玉的异母弟弟、探春的胞弟

点  题

贾政得知宝玉与优伶（líng）交往，气得目瞪口歪，之后又听贾环说宝玉逼金钏儿做不堪之事未成，导致金钏儿羞愤自尽，盛怒之下把宝玉打得快丢了半条命。

宝玉因伤心金钏儿之死，出王夫人房门后，背着手，低着头，长吁短叹，不料跟贾政撞了个满怀。贾政见宝玉魂不守舍的样子，气得将他狠狠训了一顿。这时，有人来回："忠顺亲王府里有人来，要见老爷。"贾政听了很是纳闷，心想：我很少跟忠顺王府来往，谁会来求见？贾政一面想，一面出来，一看却是忠顺府长史官。

原来，忠顺王府中的小旦琪官出府多日不见回来，那长史官听说琪官最近和宝玉亲厚，以为他躲进贾府，就过来要人。贾政听了那长史官说明来意后，又惊又气，立即把宝玉叫来询问。宝玉连忙谎称自己不认识琪官。那长史官冷笑道："公子既然说不认识，琪官那红汗巾子怎么到了公子腰里？"

宝玉听了，知道瞒不过去，只得说出琪官的下落。那长史官听了，冷笑一声走了。贾政气得目瞪口歪，一面送那长史官出贾府，一面回头

命宝玉"不许动"。贾政送长史官回来，看见贾环带着小厮乱跑，就喝住他。贾环见他父亲盛怒，便趁机说出金钏儿跳井之事，还谎称是宝玉想要拉金钏儿强做见不得人的事，金钏儿才羞愤自杀身亡的。贾政听了，气得面如金纸，大喝："快拿宝玉来！"一面说，一面便往书房走去。

那宝玉见贾政吩咐他"不许动"，深感大事不妙，想找人捎信，却一个人没见，好不容易看见个老婆子，又是个聋子。宝玉正急得团团转，就见贾政的小厮走来，逼他去见贾政。宝玉只能跟着小厮去书房。贾政一见宝玉前来，就命小厮们把宝玉嘴巴堵住，按在凳子上，往死里打。小厮们只得举起大板，打了十来下。贾政还嫌打轻了，夺过大板，狠狠打了三四十下。众清客见打重了，忙叫人进贾府内宅去送信。

王夫人听到消息急忙赶到书房，看见宝玉早就动弹不得了，而贾政举着板子还要打宝玉，急忙抱住板子，哭道："老爷虽然应当管教儿子，也要看夫妻分上。我将近五十岁的人，只有这个孽障，老爷要打死他，先打死我算了。"说着，趴在宝玉身上大哭。

贾政听了，长叹一声，在椅子上坐下，泪如雨下。这时，贾母也闻

贾政因为琪官、金钏儿之事，要教训宝玉，将宝玉按在凳子上，自己夺过大板打了宝玉几十下。

信赶来。她一面痛骂贾政,一面去看宝玉,见打得果然重了,赶紧叫人把宝玉放在凳子上,抬到她的房中。此时,薛姨妈同宝钗、香菱、袭人、史湘云等也都到了贾母房中。袭人满心委屈,见众人围着宝玉,自己插不上手,就去找茗烟询问是怎么回事。茗烟说是因为琪官、金钏儿之事老爷才打的宝玉,并说琪官之事估计是薛蟠说的,而金钏儿之事则是贾环告的密。袭人听了,估摸着,也信了七八分,然后转身回房。

宝玉听了这话,不觉轰去魂魄,目瞪口呆。贾政听了,那泪珠更似滚瓜一般滚了下来。

袭人道:"老爷怎么知道的?"茗烟道:"那琪官的事,多半是薛大爷素日吃醋,没法儿出气,不知在外头唆(suō)挑①了谁来,在老爷跟前下的火②。那金钏儿的事是三爷说的,我也是听见老爷的人说的。"袭人听了这两件事都对景③,心中也就信了八九分,然后回身进来,只见众人都替宝玉疗治。

注释:①唆挑:挑拨、教唆。②下的火:挑拨使人发火。

宝玉为什么挨打?贾政真的想打死宝玉吗?为什么?

因为贾宝玉与琪官的私情被告发,薛蟠又以为是宝玉抢走了金钏儿,便怂恿贾环告状,说贾宝玉企图强奸母婢金钏儿,金钏儿因此投井自尽。贾政知道后,怒不可遏,便下令将贾宝玉痛打一顿。

第三十四回

袭人献计王夫人

人物	性格	别名	身份
王夫人	性情直率,待人慈爱宽厚,遇事急躁冒进	太太、二太太	宝玉的母亲、贾政的妻子、王熙凤的姑姑

点  题

袭人将宝钗送来的药给宝玉,等宝玉睡着后,去见王夫人,建议王夫人想办法让宝玉搬离大观园。这话触动了王夫人的心事。王夫人因此更喜欢她了。

贾母、王夫人等离开后,宝玉叫袭人给他查看伤势。袭人见他腿上伤痕肿得老高,生气地说:"我的爷,怎么下手这么狠,要是打残了怎么办?"正说着,有丫鬟说:"宝姑娘来了。"袭人忙给宝玉盖上被单。宝钗进来交给袭人一丸药,让她晚上用酒化开,替宝玉敷上。

宝钗坐下,问袭人宝玉为什么被打。袭人把茗烟的话说了出来。宝玉怕宝钗心里不好受,连忙说:"薛大哥哥从来不这样的,你们别乱猜。"宝钗知道宝玉拦袭人是怕她多心,于是又和宝玉说了几句话就起身离开了。

宝玉正睡得昏昏沉沉的,突然觉得有人推他,睁开眼睛一看,是黛玉,两只眼睛肿得像核桃一样,满脸泪水。宝玉叹了口气说:"你又做什么来了?地上这么热,中暑了怎么办?"黛玉伤心得说不出话来,半天才说:"你以后改了吧!"宝玉长叹一声说:"你放心!别说这样的话。我便

是为这些人死了，也是情愿的！"

话没说完，就听院外有人说："二奶奶来了。"黛玉听了，转身就走，宝玉忙拉住。黛玉急得跺脚，悄悄地说："你瞧瞧我的眼睛，又要被她拿来取笑了。"宝玉只得放手，黛玉才从床后走到后院，凤姐就进来了。

天黑时，宝玉服药睡下。袭人见王夫人叫个婆子来找人回话，就跟那婆子去见王夫人。王夫人问袭人："宝玉疼好些了吗？吃了什么？"袭人说："服了宝姑娘的药好些了，只喝了半碗汤。"王夫人见房内无人，又问："听说宝玉挨打是环儿在老爷跟前说了什么话，你听说这件事了吗？"

袭人说："我没听说这件事。只是今天斗胆请太太想个办法让二爷搬出园子来住。"王夫人忙问："难道宝玉和谁作怪了吗？"袭人说："太太别多心，这不过是我想的。现在二爷也大了，林姑娘和宝姑娘又是表姐妹，日夜在一处，也不太方便。"王夫人听了这话，想起金钏儿的事，心里更加喜欢袭人。

袭人回到怡红院时，宝玉已经醒来。宝玉叫晴雯将两条旧手帕给黛玉送去。黛玉收下手帕，明白宝玉送手帕的用意后，情不自禁地在手帕上写了三首诗。

薛蟠喝酒回来，见他母亲、妹妹都责怪他说话不小心，导致宝玉挨打。由于薛蟠平时爱乱说话，因此明明这次不是他说的，大家也都认定是他了。薛蟠被冤枉后，满肚子委屈，气急了就说宝钗是因为"金玉姻

宝玉挨打后，黛玉来宝玉房中看望，见宝玉被打成这样，哭着劝宝玉："你以后改了吧！"

缘"才袒护宝玉的。

宝钗气得回房后哭了一夜，第二天去见母亲，不料半路遇到黛玉。黛玉见宝钗好像哭过的样子，就取笑她"就是哭出两缸眼泪来，也医不好棒疮（chuāng）"。宝钗不答话，直接走了。

经典名句 没事常思有事。
君子防未然。

经典原文 宝钗见他睁开眼说话，不像先时，心中也宽慰①了好些，便点头叹道："早听人一句话，也不至今日。别说老太太、太太心疼，就是我们看着，心里也疼……"刚说了半句，又忙咽住，自悔说的话急速了，不觉红了脸，低下头来。宝玉听得这话如此亲切稠密②，竟大有深意，忽见她又咽住不往下说，红了脸低下头只管弄衣带，那一种娇羞怯怯非可形容得出者，不觉心中大畅，将疼痛早丢在九霄云外③。

注释：①宽慰：宽畅欣慰。②稠密：多而密。③九霄云外：意思是在九重天的外面。比喻非常遥远的地方或远得无影无踪。

课外试题

宝钗为什么认为宝玉被打跟自己的哥哥薛蟠有关？薛蟠要怎么做才能避免被冤枉？

因为薛蟠一向仗势霸道、不务正业，且平时他与薛宝钗有非常多的习惯。薛蟠应改变自己的形象，学会控制自己的情绪和行为，避免做坏事。

第三十五回

玉钏品尝
莲叶羹（gēng）

人物 白玉钏

性格 稳重内向，重情重义

身份 金钏儿的妹妹，王夫人的丫头

身份变化 金钏儿死后，受王夫人器重

点题

王夫人命玉钏给宝玉送莲叶羹，宝玉见到玉钏，想起她死去的姐姐金钏儿，十分内疚，便百般讨好，并骗她尝一口莲叶羹。

宝钗走后，黛玉站在花下，远远向怡红院望去，只见贾母、凤姐、王夫人进了院内。不久，薛姨妈和宝钗也进去了。黛玉见了，想起有父母的好处，不禁伤心落泪。突然，紫鹃来叫她回去吃药，黛玉这才慢慢回去了。

黛玉进入潇湘馆，见里面冷冷清清的，暗叹自己孤身一人，佳人命薄。突然听到廊上的鹦哥学着她的口气，长叹一声："一朝春尽红颜老，花落人亡两不知！"黛玉、紫鹃听了都笑了起来。

薛宝钗回到家后，想起昨天的事，忍不住哭了。薛姨妈也撑不住哭了。薛蟠在外面见了，急忙跑过来，对着宝钗左一个揖（yī），右一个揖，不断求宝钗原谅他，宝钗见他这样，破涕为笑。薛蟠见了非常高兴，又发誓不再乱交朋友、乱说话，又说要给宝钗炸项圈、添衣服。

薛蟠走后，薛姨妈就带宝钗去看宝玉。进了怡红院，与贾母等人见过后，薛姨妈就问宝玉好些了吗？宝玉忙起身说："好些了。"谈话中，因

宝玉说想吃莲叶羹（gēng），贾母便叫人做去。凤姐想着单独给宝玉做汤不好，就叫厨房多做些，大家一起喝。贾母和宝钗连连夸赞她乖巧。

众人到王夫人处吃饭，莲叶羹拿进来后，王夫人就叫玉钏给宝玉送去。正巧莺儿也来了，因宝玉说想请莺儿帮他打络（lào）子，宝钗就叫她跟玉钏一起去。

宝玉见了玉钏，想起她死去的姐姐金钏儿，十分内疚，就低声下气地和她说话。玉钏因姐姐投井之事，原本对宝玉没好脸色，见宝玉这样，自己反而不好意思了。喝莲叶羹时，宝玉故意说汤不好喝，骗玉钏尝了一口。玉钏明白宝玉的用意后，气得不想给宝玉喝汤。

这时，贾政的门生傅试家的嬷嬷来看宝玉。宝玉和玉钏只顾听傅家的两个嬷嬷说话，宝玉伸手要汤时，不小心将汤碗打翻了，烫了手。宝玉反而问玉钏烫痛了没有，引得玉钏和众人都笑了。傅试家的嬷嬷认为宝玉是个呆子。

傅家的嬷嬷走后，袭人就拉莺儿过来。宝玉便请她帮打梅花络。宝玉一边看莺儿打络子，一边和她说闲话。谈到宝钗时，莺儿赞宝钗有几样世人没有的优点。宝玉便问是哪几样优点。正说着，宝钗来了，见莺儿打梅花络，就建议用金线和黑线打络子，将通灵宝玉络上。

王夫人让玉钏送莲叶羹给宝玉，宝玉因她姐姐金钏儿的事，有些愧疚，便让玉钏也尝了一口莲叶羹。

宝玉听了,非常高兴,忙叫袭人去拿金线。这时,正巧王夫人打发人给袭人送来两碗菜,还叫袭人过去磕头。袭人觉得很奇怪,并说太太单独送给她,让她怪不好意思的。宝钗笑道:"明儿还有比这个更叫你不好意思的呢。"袭人听了,也明白过来了,就不说了。

幽僻(yōu pì)处可有人行,点苍苔白露(líng)泠。
你要有这个横劲,那龙也下蛋了。

薛蟠在外边听见,连忙跑了过来,对着宝钗左一个揖,右一个揖,只说:"好妹妹,恕我这一次罢!原是我昨儿吃了酒,回来得晚了,路上撞客①着了,来家未醒,不知胡说了什么,连我自己也不知道,怨不得你生气。"宝钗原是掩面哭的,听如此说,由不得又好笑了,遂抬头向地下啐了一口,说道:"你不用做这些像声儿②。我知道你的心里多嫌我们娘儿两个,你是要变着法儿叫我们离了你,你就心净了。"薛蟠听说,连忙笑道:"妹妹这话从哪里说起来的,这样我连立足之地③都没了。妹妹从来不是这样多心说歪话的人。"

注释:①撞客:旧时指"鬼神附体",使人胡言乱语,神志不清。②像声儿:这里指演戏似的装模作样,使人发笑。③立足之地:比喻容身的地方。

贾母和薛宝钗为何用"乖""巧"评价王熙凤?

因为王熙凤既说话会道,精明能干,八面玲珑,会讨贾母等长辈的欢心,对小辈和丫鬟也照顾周到。

第三十六回

绛芸轩宝钗绣鸳鸯

人物：龄官
性格：清高倔强，敏感多情
职业：唱戏的小旦
结局：离开贾府

点 题

午后，宝钗去找宝玉聊天，不巧宝玉睡着了，宝钗坐在他身边帮袭人刺绣，听到宝玉梦中的话，不由得惊呆了。宝玉想请龄官唱曲，龄官对他爱搭不理，却对贾蔷体贴多情。宝玉看呆了，从此明白人生情缘天定，各有分定，不要强求。

宝玉伤好些了，贾母怕贾政管宝玉，就命人告诉宝玉，只管在园里养伤，不用出去见客。宝玉听了，十分得意，不但亲戚朋友一个不见，连学堂都不去了，天天只在园里游玩。宝钗等人有时劝他读书上进，他反而生起气来，说："好好的一个清净洁白女儿，也学的沽（gū）名钓誉。"只有黛玉从不劝他立身扬名，所以非常敬慕黛玉。

这天中午，薛姨妈母女与黛玉等正在王夫人房里吃西瓜，凤姐得了空，就请示王夫人，打算让哪个丫鬟补金钏儿空下的职位。王夫人不想增加丫鬟，又对金钏儿之死心怀愧疚，就让凤姐将金钏儿的月钱交给玉钏，让她拿双份工资。之后，王夫人想了想，又说："你把袭人的那份月钱裁了，从我的月钱中拿出二两银子和一吊钱给袭人。"凤姐明白王夫人是要将袭人提升为姨娘，便答应了。

吃完西瓜后，宝钗约黛玉往藕香榭（xiè）去，黛玉说要回房洗澡，就各自走开了。宝钗独自一人，顺路来到了怡红院，进入宝玉房内，见宝玉在床上睡着了，袭人坐在他身边做针线。宝钗和袭人说了几句闲话。不久，袭人有事出去，宝钗见袭人绣的鸳鸯实在可爱，不由得拿起针来替她绣，不巧被来找袭人的黛玉和湘云看见了。湘云怕黛玉出言嘲讽宝钗，忙把她拉走了。

宝钗正绣着，突然听到宝玉在梦中喊骂说："和尚、道士的话怎么能信？什么是'金玉姻缘'，我偏说是'木石姻缘'！"宝钗听呆了。不久，袭人进来笑道："还没有醒呢？"宝钗摇头。

晚上，袭人告诉宝玉，王夫人将她提升为准姨娘的事。宝玉听了，十分高兴。宝玉和袭人聊天时，提到他希望死后得到所有女孩的眼泪，眼泪汇成河流，将他的尸首漂起来，随风化去。袭人见他又说疯话，忙假装睡觉，不理他。

有一天，宝玉突然想听《牡丹亭》的曲子，就去梨香院找龄官。龄官借口嗓子哑拒绝了他的请求。这个龄官正是当日画蔷的女孩。宝玉第一次遭到女孩拒绝，只得讪（shàn）讪地出去，突然见贾蔷提着个雀儿笼子进来找龄官。

那贾蔷为逗龄官开心，让那笼里的雀儿在笼内搭的小戏台上乱串，衔（xián）鬼脸旗帜。众人看了都说有趣，龄官却大怒，说贾蔷故意拿雀儿取笑她，知道她病了，也不去请医生。贾蔷忙说马上去请。龄官怕他中暑，又把他叫住，说："你就算请来，我也不看。"贾蔷只得站住。

宝玉看呆了，这时才明白龄官画蔷的深意，默默地走出梨香院。自此宝玉领悟了人生情缘，各有分定，心中只是伤感：不知将来为我流泪的是谁。

经典名句 人谁不死，只要死的好。
我哪里的脂油蒙了心！

经典原文 宝玉忙至她房内，只见龄官独自倒在枕上，见他进来，纹风不动①。宝玉素习与别的女孩子玩惯了的，只当龄官也同别人一样，因进前来身旁坐下，又陪笑央她起来唱"袅（niǎo）晴丝②"一套。不想龄官见他坐下，忙抬身起来躲避，正色说道："嗓子哑了。前儿娘娘传进我们去，我还没有唱呢。"宝玉见她坐正了，再一细看，原来就是那日蔷薇花下划"蔷"字那一个。又见如此景况，从来未经过这番被人弃厌，自己便讪讪③的红了脸，只得出来了。

注释：①纹风不动：一点儿也不动。②袅晴丝：《牡丹亭·惊梦》里的第一支曲子。③讪讪：形容难为情的样子。

课外试题

宝玉睡梦中的话展露了他什么样的内心世界？

宝玉了无顾忌地袒露真情地说道："我要是一辈子都看着你们的……"，这里无不表明了宝玉善良、多情的内心世界。对于他来说，只要是女性就值得他去呵护，这种博爱的情怀显示了宝玉独有的青春气息。

第三十七回

结诗社
姐妹争诗魁

人物	性格	别名	身份
李纨	贞静淡泊、清雅端庄、处事明达	李宫裁、稻香老农、珠大奶奶	贾珠的妻子、宝玉的大嫂、贾兰的母亲

点○题

探春写帖邀众人结诗社，经商议大家各自起笔名，以海棠为题作诗，宝钗与黛玉的诗难分高下，在李纨的坚持下，宝钗之诗夺魁。宝玉想起湘云，便邀她来入社，因湘云要做东，宝钗就邀去蘅芜院商量怎样做东出题。

这年，贾政被任命为学差，于八月二十日出京任职了。一天，探春偶然起了个念头，就写帖邀请宝玉和园中姐妹一起来结诗社。宝玉正无聊，接到邀请后，拍手笑道："还是三妹妹高雅，我现在就去商议。"说完，便带着翠墨去找探春。宝玉刚到沁芳亭，就碰见一个婆子说，贾芸送了两盆海棠花过来。宝玉便命婆子搬进他屋里，一边说一边同翠墨往秋爽斋去，只见宝钗、黛玉、迎春都已经在那里了。

众人见宝玉进来，都笑道："又来了一个。"不久，李纨也来了，进门就笑着自我推荐，要掌管诗社。黛玉建议，既然要起诗社，那就要舍了这些姐姐妹妹的称呼，才算不俗。李纨也十分赞同，先给自己定了个稻香老农的别号。探春笑道："我就是'秋爽居士'罢。"宝玉觉得探春称居士有些不妥，起个和梧桐芭蕉相关联的别号才妙。探春便笑道："有了，我最喜欢芭蕉，就称'蕉下客'吧。"众人都说这名号别致有趣。探春又给黛玉取了"潇湘妃子"的别号，大家都拍手叫妙。李纨也给宝钗取了"蘅芜君"的封号，大家又问迎春和惜春起个什么号，宝钗道："迎春住的是紫菱洲，就叫她'菱洲'，惜春在藕香榭，就叫她'藕榭'。"

李纨又自荐为社长，并说："我一个社长自然不够，必要再请两位副社长，就请菱洲、藕榭二位学究来，一位出题限韵，一位誊（téng）录监场。"众人听了，都答应了。

大家又商议，每月聚会两次，并确定好了聚会的日期。这次诗会李纨负责出题，因她来时看见有人搬两盆白海棠进来，就让大家作海棠诗。迎春因负责限韵，便通过拈阄（jiū）拈出"门""盆""魂""痕""昏"这几个诗韵。之后，大家开始作诗。众人都静静地思索起来，只有黛玉要么摸梧桐，要么看秋色，要么和丫鬟们说笑。探春先有了诗，之后宝钗和宝玉也都有了。

大家依次看探春、宝钗、宝玉所写的诗，看完后宝玉说探春的诗好，李纨坚持说宝钗的诗有分量。黛玉说道："你们都有了？"说着提笔一挥而就，然后将诗稿掷（zhì）与众人。众人看了黛玉写的诗，都说这首最好。李纨说："以风流别致来评价，当然是这首；以含蓄浑厚来评，终归是蘅芜君的诗最好。"众人见李纨坚持推宝钗为第一，也就同意了。于是，宝钗夺得第一，黛玉屈居第二，宝玉垫底。经商议，大家都将诗社起名为"海棠诗社"。

宝玉回房，见袭人说给湘云送东西的事。宝玉听了拍手说道："怎么忘了她？这诗社里若少了她还有什么意思。"说着，就去找贾母，请贾母派人去接湘云过来。第二天午后，湘云就来了。众

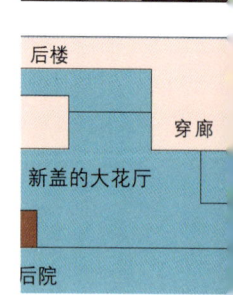

众姐妹秋爽斋结诗社示意图

众姐妹齐聚在秋爽斋内,商议结诗社,各自取别号。

人见了她都非常喜欢。

湘云一时高兴,就随手写了两首海棠诗,众人看了都赞叹不已。史湘云又说道:"明日让我先来邀请大家举办一次诗社,可以吗?"众人说道:"这样更好了!"当天晚上,宝钗邀请湘云去蘅芜苑住下休息,湘云在灯下设计怎样做东拟题。宝钗听她说了半日,都不妥当。做东是要花钱的,宝钗知道湘云没钱,就说她可以免费给湘云提供螃蟹和酒水,赞助她办螃蟹宴,湘云听了感激不尽。经过一番商议,宝钗和湘云决定明天开诗社时作菊花诗,并拟定了《菊梦》《菊影》《问菊》《访菊》等十二个题目,凑成一个菊花谱。

经典名句 淡极始知花更艳，愁多焉得玉无痕。
偷来梨蕊三分白，借得梅花一缕魂。

经典原文 众人见他进来，都笑说："又来了一个。"探春笑道："我不算俗，偶然起个念头，写了几个帖儿试一试，谁知一招皆到。"宝玉笑道："可惜迟了，早该起个社的。"黛玉道："你们只管起社，可别算上我，我是不敢的。"迎春笑道："你不敢谁还敢呢！"宝玉道："这是一件正经大事，大家鼓舞起来，不要你谦我让的。各有主意自管说出来大家平章①。宝姐姐也出个主意，林妹妹也说个话儿。"宝钗道："你忙什么！人还不全呢。"一语未了，李纨也来了，进门笑道："雅的紧！要起诗社，我自荐②我掌坛。前儿春天我原有这个意思的。我想了一想，我又不会作诗，瞎乱些什么，因而也就忘了，就没有说得。既是三妹妹高兴，我就帮你作兴③起来。"

注释：①平章：评论；议论。②自荐：自己推荐自己。③作兴：指使振兴、奋起。

课外试题

为什么宝钗的海棠诗最后夺魁？黛玉屈居第二是因为黛玉觉得海棠诗难写吗？请说明理由。

宝钗的风格含蓄浑厚，符合封建主流的审美观念。黛玉居居第二的原因并非真的觉得海棠诗难写。黛玉、宝玉都是性格孤傲超脱的人，他们非常热爱美，与主流审美存在一定的差异。

第三十八回

黛玉菊花诗夺魁

人物	性格	别名	身份
贾迎春	温柔娴静、懦弱无能	二姑娘、二木头、菱洲	贾赦的庶女、宝玉的堂姐

点  题

湘云请贾母等人吃螃蟹宴,散席后黛玉、宝钗等写菊花诗。黛玉的三首夺得了前三名,宝玉再次垫底。

宝钗、湘云商量好后就休息了。第二天一早,湘云去请贾母等去藕香榭吃螃蟹赏桂花。中午,贾母就带着王夫人、凤姐兼请薛姨妈等进园来。大家一起进入亭子,吃过茶,螃蟹宴就开始了。

凤姐服侍贾母吃了几个螃蟹,又同鸳鸯、平儿几人笑闹一会儿。众人吃了一会,贾母不吃了,大家就开始散了。有去看花的,也有去玩水弄鱼的。王夫人怕风大贾母身体受不住,就请贾母回房休息。送贾母等出园后,湘云便取了诗题,用针钉在墙上,并告诉大家这次作诗不限韵,宝玉认为这样最好。

黛玉拿着钓竿钓鱼,宝钗手里拿着一枝桂花,掐(qiā)了桂蕊喂鱼。湘云招呼袭人等吃螃蟹。探春和李纨、惜春立在垂柳阴中看鸥鹭。迎春独在花荫下拿着花针穿茉莉花。

黛玉放下钓竿,走进座间,喝了一杯合欢酒。宝钗进来也喝了一口,拿笔到墙上把头一个诗题《忆菊》勾了,底下写了一个"蘅"字。大家都照样勾选了自己要写的诗。因贾母来藕香榭时,提到小时候她家里也有这

湘云办螃蟹宴，请贾母、凤姐等众人进园子来吃螃蟹。宴后，湘云拟菊花诗，黛玉在亭子边钓鱼，宝钗拿了一枝桂花喂鱼。

样的亭子叫"枕霞阁"，众人便给湘云起了个名号叫"枕霞旧友"。大家写完诗后，把诗交给迎春，迎春再用一张纸按菊花谱的顺序把诗写出来，并标明作者。

李纨等从第一首看起，看一首赞一首，彼此称赞不绝。李纨推选黛玉的《咏菊》第一、《问菊》第二、《菊梦》第三，探春的《簪菊》第四，湘云的《对菊》第五、《供菊》第六，宝钗的《画菊》第七、《忆菊》第八。宝玉听了，喜得拍手叫道："极是，极公道！"

大家评点了一会儿，又一起去吃螃蟹。宝玉笑道："今日吃蟹赏桂，不可以没有诗。我已经有了，谁还敢作呢？"说着，就去洗了手提笔将诗写出来，给众人看。黛玉笑道："这样的诗，要一百首也有。"说着，提起将诗笔来一挥，就写出了一首诗。

宝玉看了黛玉的诗，正要喝彩，黛玉却撕了让人烧去，并说："我作的不及你的，我烧了它。"宝钗也写了一首，大家看了都称为食蟹的绝唱。正说着，见平儿又进园来，不知做什么。

 孤标傲世偕谁隐？一样花开为底迟？
眼前道路无经纬，皮里春秋空黑黄。

 宝钗接着笑道："我也勉强了一首，未必好，写出来取笑儿罢。"说着也写了出来。大家看时，写道是：

桂霭（ǎi）桐阴坐举觞（shāng）①，长安涎（xián）口盼重阳。

眼前道路无经纬②，皮里春秋③空黑黄③。

看到这里，众人不禁叫绝。宝玉道："写得痛快！我的诗也该烧了。"又看底下道：

酒未敌腥还用菊，性防积冷定须姜。

于今落釜（fǔ）④成何益，月浦（pǔ）空余禾黍（shǔ）香。

众人道："这方是食蟹绝唱，这些小题目，原要寓大意思，才算是大才，只是讽刺世人太毒了些。"说着，只见平儿复进园来。不知作什么，且听下回分解。

注释：①举觞：指举杯饮酒。②经纬：这里比喻线索、条理、秩序等。③皮里春秋：指表面上不露好恶而内心深藏腐败。④釜：锅。

课外试题

众人为什么给湘云起"枕霞旧友"的笔名？

因为湘云之前是贾母的养孙女，贾母未嫁时候家里有一个亭子叫作"枕霞阁"，于是给湘云起了"枕霞旧友"。

第三十九回

刘姥姥二进荣国府

人物	身份	性格
板儿	刘姥姥的外孙	天真无邪、懵懂无知

点题

刘姥姥给贾府送来一些新鲜的瓜果蔬菜，不想投了贾母的缘，贾母就留她多住几天。跟贾母聊天时，刘姥姥见大家想听乡村里的奇闻异事，就乱编了一些故事，宝玉听了信以为真。

平儿进来说，凤姐在席上没能好好吃，就叫她来拿几个回去吃。湘云听了，忙叫人拿盒子装了十个极大的螃蟹给凤姐送去。众人又拉平儿坐下吃螃蟹。散席后，平儿回到房中，看见刘姥姥和板儿又来了。原来，刘姥姥见今年庄稼收成好，就带了一些新鲜瓜果蔬菜来，给贾府里的太太小姐们尝尝鲜。刘姥姥和平儿聊了一会儿天，见天色已晚，就想告辞了。

不想，贾母听说刘姥姥来了，正想找个老人说说话。周瑞家的就带刘姥姥去见贾母。姥姥来到贾母房中，只见满屋里珠围翠绕、花枝招展的美人，并不知都是些什么人。又见一张榻上歪着一位老婆婆，身后坐着一个美人似的丫鬟给她捶腿，凤姐正站着说笑。

刘姥姥便知那老婆婆是贾母了，忙陪着笑，连着行了几个万福礼，口里说："请老寿星安。"贾母也忙欠身问好，又命周瑞家的端过椅子给刘姥姥坐。那板儿还是怕见生人，不知道向贾母问好。贾母说道："老亲家，你今年多大年纪了？"刘姥姥忙起身答道："我今年七十五了。"刘姥姥吃了茶，便把一些乡村中的奇闻异事说给贾母听。此时，宝玉姊妹们也都在这里坐着，他们从没听过这样有趣的故事，觉得刘姥姥比那些说书先生说得还好听。

那刘姥姥见大家都爱听，就乱编一些故事出来，说道："我们乡下什么奇奇怪怪的事没见过呢。去年冬天，地上的雪有三四尺深，我在房中突然听外头有人偷柴草，就趴着窗眼儿一瞧，看见是一个极标致的小姑娘……"

刚说到这里，忽听外面有人吵嚷起来，贾母等听了，忙问怎么了。丫鬟忙说："南院马棚里走了水，已经救下去了。"贾母是最胆小的，听了这话，忙起身到廊上来瞧，看着火光熄灭了，才带着众人进屋。

宝玉又让刘姥姥讲女孩偷柴火的故事。贾母因为马棚失火，就不让刘姥姥说这个故事了。刘姥姥便又想了一个故事，便说有个老奶奶诚心礼佛，感动了观音菩萨。老奶奶的大孙子去世后，观音菩萨又给她送来一个小孙子。这一席话，正说中了贾母、王夫人的心事，都听住了。

众人散去后，宝玉悄悄拉着刘姥姥，问她那雪地偷柴的女孩是谁。刘姥姥只得信口开河，说那女孩叫茗玉，十七岁那年病死了，家人给她盖了座庙，塑了她的泥像。天长日久，庙破了，那女孩的泥像成了精，经常到处乱逛。现在村庄上的人正商议着要砸那破庙。宝玉忙请刘姥姥拦住村里人，又问了那破庙在哪里。刘姥姥又顺口乱编。

宝玉信以为真，次日一早，就给了茗烟几百钱，让他去找那破庙。茗烟回来后，告诉宝玉那破庙里只有瘟神,没有女孩,气得宝玉骂茗烟没用。

经典名句 有个唐僧取经,就有个白马来驮(tuó)他;刘智远打天下,就有个瓜精来送盔甲。

经典原文 平儿等来至贾母房中,彼时大观园中姊妹们都在贾母前承奉①。刘姥姥进去,只见满屋里珠围翠绕,花枝招展②,并不知都系何人。只见一张榻上歪着一位老婆婆,身后坐着一个纱罗裹的美人一般的丫鬟在那里捶腿,凤姐儿站着正说笑。刘姥姥便知是贾母了,忙上来陪着笑,福了几福③,口里说:"请老寿星安。"贾母亦忙欠身④问好,又命周瑞家的端过椅子来坐着。那板儿仍是怯人,不知问候。

注释:①承奉:伺候。②花枝招展:形容打扮得十分艳丽。③福:这里指旧时妇女行的"万福"礼,行礼时上身略弯,双手抱拳在胸前右上方上下移动。④欠身:指身体的全部或上部向前微倾,以表达敬意。

课外试题

马棚的火熄灭后,刘姥姥又编了一个故事,为什么这个故事正合贾母和王夫人的心事?

答案 刘姥姥编的故事中有两个人物,一个是荣华富贵却没有子孙的老奶奶,一个是虔诚信佛的姑娘。

第四十回

金鸳鸯
捉弄刘姥姥

人物	刘姥姥
身份	乡村贫农、王家的远亲
性格	朴实憨厚、聪明机智、知恩图报

点题

贾母请刘姥姥进大观园游玩,吃饭时鸳鸯和凤姐为哄贾母开心,故意捉弄刘姥姥,贾母果然非常开心。事后,刘姥姥说贾府"礼出大家",凤姐和鸳鸯忙向她道歉。

宝玉见有人来传,就去了上房。原来贾母正和王夫人、众姐妹商量给湘云还席的事。宝玉建议让厨房做各人喜欢吃的几样东西,放在各人的桌前。贾母觉得这主意不错,就让厨房去做。次日清早,李纨正带着人扫地擦桌椅,安排茶酒器皿(mǐn),只见丰儿带着刘姥姥、板儿进来了。

不久,就见贾母带着一群人进来,李纨忙迎上去。碧月早捧来了一盘菊花,贾母拣了一朵大红的戴了。凤姐说要好好打扮刘姥姥,将一盘子菊花横三竖四地插了刘姥姥满头。贾母和众人见了笑得不行。刘姥姥笑道:"我这头今天也这样体面起来了。"众人笑道:"快拔下来摔到她脸上,把你打扮得成老妖精了。"

说笑之间,众人已经来到了沁芳亭。坐下后,贾母问刘姥姥:"这园子好不好?"刘姥姥说:"比我在画上看到的好看十倍,要是能画下来,

凤姐带人在秋爽斋摆饭,众人在此宴席欢乐,刘姥姥应了鸳鸯的请求,多次故意出丑逗贾母开心。

带回去给村里人看看就好了。"贾母便让惜春画一幅,刘姥姥高兴地夸赞惜春是神仙托生的。

贾母休息一会儿,就领着刘姥姥都见识见识,先去了潇湘馆。刘姥姥进了黛玉房间,看见窗下案上设着笔砚,又见书架上磊着满满的书,就以为这是宝玉的房间,贾母笑着指黛玉道:"这是我这外孙女的屋子。"这时,薛姨妈也来了。贾母说了一会儿话后,见黛玉的窗纱旧了,就命人换上红色的软烟罗。贾母等出了潇湘馆,向紫菱洲一带

刘姥姥游大观园示意图

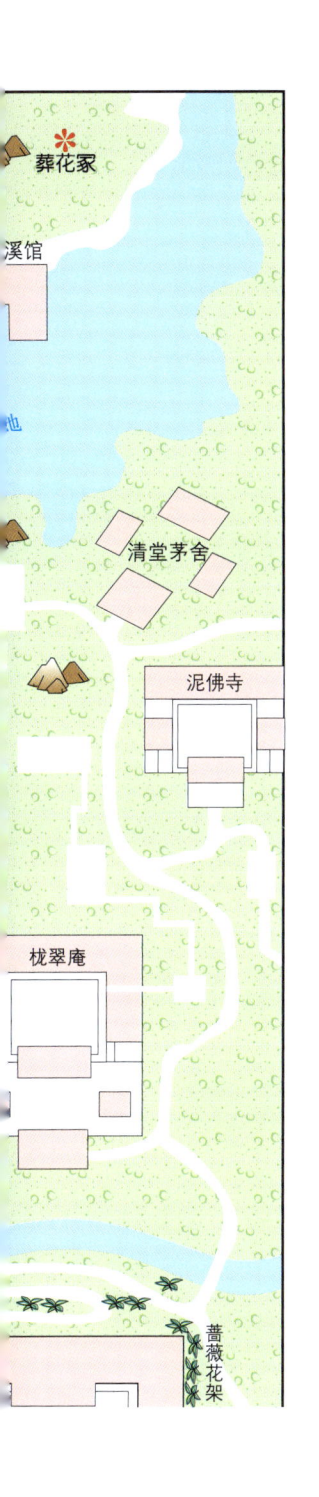

走来。贾母要坐船游玩。凤姐问早饭在哪里吃,贾母说探春那里好。凤姐便回身同探春、李纨、鸳鸯、琥珀带着端饭的人,抄近路到了秋爽斋,在晓翠堂上调开桌案。

入席前,鸳鸯悄悄叮嘱了刘姥姥一番。不久,贾母等来了。刘姥姥入了座,拿起筷子。只觉得沉甸(diàn)甸的不称手,原来是凤姐和鸳鸯特意给她一双镶金的筷子。贾母这边说声"请",刘姥姥就站起身来,高声说道:"老刘,老刘,食量大似牛,吃一个老母猪不抬头。"说完,鼓着腮不语。

众人先是发怔(zhèng),后来一听,都哈哈大笑起来。史湘云一口饭喷了出来;林黛玉笑得趴着桌子叫"哎哟";王夫人笑着用手指着凤姐,却说不出话来……只有凤姐、鸳鸯二人撑着。凤姐故意将一碗鸽子蛋放在刘姥姥桌上。刘姥姥说道:"这里的鸡下的蛋小巧,怪好看的。我吃一个。"众人刚刚停住笑,听见这话,又笑起来。贾母笑得眼泪都出来了。散席后,刘姥姥见凤姐、鸳鸯正在吃饭,就说贾府"礼出大家"。凤姐和鸳鸯听了,忙向刘姥姥道歉,请她别生气。刘姥姥笑道:"您刚才嘱咐我时,我就知道了,要是生气,我就不说了。"

凤姐等来到探春房中,大家正说话时,忽然隐隐听到鼓乐之声。王夫人笑道:"这是咱们的那十几个

033

女孩子演习吹打呢。"贾母便说，既是演练，不如就进来，让我们也看看，乐一乐。凤姐听说，一边命人出去叫来，又一面吩咐人摆桌子。贾母道："就铺排在藕香榭的水亭子上，借着水音更好听。回来咱们就在缀锦阁底下吃酒，又宽阔，又听的近。"众人都说好。出了秋爽斋，走不多远，已到了荇（xìng）叶渚，几个驾娘早把两只棠木舫（fǎng）撑来。众人便上船观赏风景，说笑间已到了花溆的萝港之下，只见两岸河滩上枯萎的野草和残败的菱角相互交织，一派秋意。众人上岸后，便一同进了蘅芜苑，只见屋子里面像雪洞一样，什么玩器都没有。贾母叹息宝钗的房间太素净了，叫鸳鸯去拿些古董来摆放，又嗔（chēn）怪凤姐："不送些玩器来给你妹妹，这样小气！"王夫人、凤姐等都笑道："她自己不要的。"

众人在蘅芜苑坐了一会儿出来，一起来到缀（zhuì）锦阁下。演习的姑娘上来问演哪支曲子，贾母说你们演的哪个就看哪个。这里，凤姐已摆好酒席。大家入席，行酒令。贾母先说酒令，其次是薛姨妈、湘云、宝钗。到黛玉时，黛玉怕罚，无意中说了《西厢记》中的句子。黛玉行完酒令后，到了迎春。迎春等知道鸳鸯要捉弄刘姥姥，故意说错酒令受罚。到王夫人时，鸳鸯代说了一个，下一个就轮到刘姥姥了。

经典名句
留得残荷听雨声。
那些奇草仙藤愈冷逾（yú）苍翠，都结了实，似珊瑚（shān hú）豆子一般，累垂可爱。

经典原文
贾母素日吃饭，皆有小丫鬟在旁边，拿着漱盂（shù yú）[①]、麈（zhǔ）尾[②]、巾帕之物。如今鸳鸯是不当这差的了，今日鸳鸯偏接过麈尾来拂着。丫鬟们知道他要撮弄[③]刘姥姥，便躲开让他。

鸳鸯一面侍立，一面悄向刘姥姥说道："别忘了。"刘姥姥道："姑娘放心。"那刘姥姥入了坐，拿起箸（zhù）④来，沉甸甸的不伏手。原是凤姐和鸳鸯商议定了，单拿一双老年四楞像牙镶金的筷子与刘姥姥。刘姥姥见了，说道："这叉爬子比俺那里铁锨（xiān）⑤还沉，那里犟（jiàng）的过他。"说的众人都笑起来。只见一个媳妇端了一个盒子站在当地，一个丫鬟上来揭去盒盖，里面盛着两碗菜。李纨端了一碗放在贾母桌上。凤姐儿偏拣了一碗鸽子蛋放在刘姥姥桌上。贾母这边说声"请"，刘姥姥便站起身来，高声说道："老刘，老刘，食量大似牛，吃一个老母猪不抬头。"自己却鼓着腮不语。众人先是发怔，后来一听，上上下下都哈哈的大笑起来。史湘云撑不住，一口饭都喷了出来，林黛玉笑岔了气，伏着桌子嗳哟，宝玉早滚到贾母怀里，贾母笑的搂着宝玉叫"心肝"，王夫人笑的用手指着凤姐儿，只说不出话来，薛姨妈也撑不住，口里茶喷了探春一裙子，探春手里的饭碗都合在迎春身上，惜春离了坐位，拉着他奶母叫揉一揉肠子。

注释：①漱盂：盛漱口水的器皿。②麈尾：古人闲谈时执以驱虫、掸尘的一种工具。③撮弄：戏弄；捉弄。④箸：筷子。⑤铁锨：掘土或铲东西的工具。头为板状长方形，用熟铁或钢打成。一端安有长的木把。

课外试题

鸳鸯想哄贾母开心，就和凤姐合谋捉弄刘姥姥，刘姥姥为什么愿意配合？这说明姥姥是个什么样的人？

刘姥姥在贾府低声下气的身份，希望通过讨好贾母这样的老妇人来获得一些帮助，说明她是个善于察言观色、懂得审时度势的人。

第四十一回

刘姥姥
醉卧怡红院

人物	性格	别名	身份
妙玉	清高孤傲	槛外人	带发修行的尼姑

点题

刘姥姥在酒席上,被鸳鸯捉弄喝多了酒,酒醉后误打误撞进了怡红院,在宝玉的床上睡着,幸好被袭人及时发现,瞒过了宝玉。

轮到刘姥姥时,刘姥姥说的酒令虽然粗俗,但尽显庄稼人本色,而且风趣幽默,让众人几次哄堂大笑起来。刘姥姥喝了点酒,又逗趣说自己笨手笨脚的又吃了酒,怕把瓷杯摔坏了,如果有木杯就是失手掉地上也不怕了。于是,凤姐便命人拿来一组十个的黄杨木套杯,大的像个小盆子,极小的也有两个杯子大。刘姥姥看了心里直打鼓,见鸳鸯让人斟(zhēn)满了那个大杯,刘姥姥只得双手捧着喝了。

薛姨妈和王夫人让刘姥姥慢点喝,薛姨妈又命凤姐布个菜。贾母让凤姐夹些茄鲞(xiǎng)给刘姥姥吃。刘姥姥听凤姐说做这一道茄鲞不仅要有茄子,还要有十来只鸡来配,不由得惊叹不已。喝完了酒,只拿着那杯子细细看。鸳鸯笑道:"这杯子是什么木头的?"刘姥姥明明知道,却故意看了半天,才说:"这不是杨木,一定就是松木做的。"众人听了,哄堂大笑起来。

喝完酒听完曲，贾母又等吃过了茶，就带了刘姥姥到栊（lóng）翠庵来。妙玉忙接了进去，亲自捧茶给贾母。贾母吃了半盏，笑着递给刘姥姥，刘姥姥一口喝完，说道："好茶，就是再熬浓些就更好了。"众人听了都笑起来。

趁着众人喝茶的空当，妙玉拉着宝钗和黛玉去耳房喝茶。宝玉也悄悄跟了进去。道婆收了上面的茶杯过来。妙玉嫌弃刘姥姥用过的茶杯脏，叫人扔掉。宝玉忙说这样名贵的茶杯扔了可惜，不如送给刘姥姥，让她卖了换钱过日子。

这时，贾母已经出来，要回去，妙玉将他们送出山门，便回身将门关上了。贾母玩了半日，觉得身上倦乏，就让王夫人和迎春姐妹陪薛姨妈去喝酒，她自己则去稻香村休息。鸳鸯继续带着刘姥姥在园子里逛，众人也都跟着取笑。到"省亲别墅"的牌坊底下时，刘姥姥立刻跪下磕头，说这是个大庙，还故意将牌坊上的字读成"玉皇宝殿"，引得众人拍手大笑。突然，刘姥姥的肚子一阵乱响，众人忙叫一个婆子带她去东北角上解手。刘姥姥蹲了半天才出来，带她来的婆子早走了。

此时，刘姥姥已经喝醉，因不识路，迷迷糊糊地进了怡红院。只见屋子里面四面墙壁玲珑剔透，琴剑瓶炉都镶进墙里，跟墙面齐平，金彩珠光，越发把眼看花了。找门出去时，只见一个老婆子也从外面迎着进来。刘姥姥还以为是她亲家母也来了，伸手去摸，才发现是一面穿衣镜。刘姥姥乱摸板壁，正好摸到了机关，露出一扇门。刘姥姥连忙走出来，看见里面有一张非常精致的床，便一屁股坐在床上，不久便倒在床上睡着了。

众人一直在外面等着刘姥姥回来，因不见她回来，板儿在一边哭闹，众人便四处找寻。袭人看着这里的路，怀疑刘姥姥顺着这条路去了怡红院，急忙回去看。袭人刚进房门，只听见鼾（hān）声如雷，又闻见臭气冲天，刘姥姥扎手舞脚地仰卧在床上。袭人大吃一惊，忙把刘姥姥叫醒，告诉刘姥姥这是宝玉的卧室，刘姥姥吓得不敢出声。袭人带她从前面出去，只跟人说刘姥姥在草地上睡着了，众人也没在意。

贾母醒后，就在稻香村摆晚饭，因觉得身上懒懒的，便命凤姐儿等去吃饭，自己先回房歇息了。

经典名句 当日圣乐一奏，百兽率舞，如今才一牛耳。

经典原文 众人听了，哄堂大笑起来。于是吃过门杯①，因又斗趣②笑道："今儿实说罢，我的手脚子粗，又喝了酒，仔细失手打了这瓷杯。有木头的杯取个来，我就失了手，掉了地下也无碍③。"众人听了又笑起来。

注释：①门杯：酒席上各人面前的一杯酒，区别于行酒令时的罚酒。②斗趣：言行有趣，引人发笑。③无碍：没有妨碍。

课外试题

妙玉为什么让人把刘姥姥用过的杯子扔掉？这说明她是个什么样的人？

答案 妙玉让人扔掉刘姥姥用过的杯子是因为她嫌弃刘姥姥脏。她是个孤高自傲、鄙视劳动人民，有些事事洁癖的人。

第四十二回

贾惜春始画大观园

人物	性格	别名	身份
贾惜春	孤僻冷漠、心冷嘴冷	四姑娘、四丫头、藕榭	贾敬的幼女、宝玉的堂妹

点题

刘姥姥拿着贾府赠送的许多东西回家，惜春要画大观园，向诗社告假，黛玉将此事归罪于刘姥姥，并开玩笑说她是"母蝗(huáng)虫"，宝钗认为这比喻新鲜有趣。

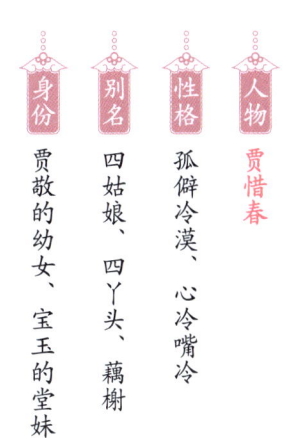

吃过饭，大家就都散了。刘姥姥带着板儿，先来见凤姐，跟凤姐说明日必须要回家去了。刘姥姥又和凤姐聊了几句，听凤姐说贾母和凤姐的女儿病了，忙向凤姐建议，叫人去园子里烧些纸去邪。烧完纸后，果然不再哭闹，安稳睡着了。

凤姐觉得刘姥姥很有见识，就请她给女儿起个名字。因凤姐的女儿是七月初七生的，刘姥姥便给她起名为"巧姐"，并说："日后有不顺心的事，必然遇难成祥，逢凶化吉，都从这'巧'字来。"凤姐听了很高兴，连忙道谢。平儿带刘姥姥去另一间屋子，只见堆着半炕的东西，其中有凤姐送的五匹布、八两银子，王夫人送的一百两银子，平儿送的几件衣服，刘姥姥连忙道谢。平儿说道："你只管睡你的去。我替你收拾好了，放在这里，明天一早让小厮给装车上，你不用费心。"

刘姥姥越发感激，过来又千恩万谢地辞了凤姐，到贾母这一边睡了

刘姥姥醉卧怡红院示意图

- - - → 刘姥姥误进怡红院及拜见凤姐、贾母路线

一夜。次日一早，刘姥姥梳洗了，就要告辞。贾母让刘姥姥有空再来。鸳鸯带刘姥姥去下房，将贾母送的衣服、珍贵药丸、两小块金子，以及她自己的几件衣服，打包给刘姥姥。宝玉又让小丫鬟送来妙玉的成窑（yáo）杯子给刘姥姥。刘姥姥感激不尽，拿了东西坐车回家去了。

再说宝钗等去贾母处问过安，回园至分路之处，宝钗便叫黛玉道："颦儿跟我来，有一句话问你。"黛玉便同了宝钗来到蘅芜苑中。进了房，宝钗便坐下，笑道"你跪下，我要审你。"黛玉不解其意，宝钗便提到昨天她念的酒令。黛玉这才想起昨天她念了《牡丹亭》《西厢记》中的句子，不觉红羞了脸，忙央求宝钗不要告诉别人。

宝钗黛玉羞得满脸飞红，就告诉黛玉，其实小时候她也看过这些杂书，被大人发现后才不看的。宝钗又跟黛玉说："你我既然读了书，就应该看正经书，最怕看了杂书，移了性情，就不可救了。"一席话，说得黛玉心下暗服。

忽见李纨派人来请，宝钗和黛玉便去了稻香村，见宝玉和姐妹们都在那里。原来惜春要画大观园，特地向诗社请了一年假。黛玉将惜春告假一事"归罪"于刘姥姥，并戏称她为"母蝗虫"。大家听了都大笑起来。宝钗说黛玉的这个比喻很是新鲜有趣。

黛玉又笑着让惜春将昨天的"母蝗虫"也画上去，并说："我起了名字，就叫作《携蝗大嚼图》。"众人听了，越发哄然大笑起来。湘云更是笑得连人带椅子摔到墙边。

因惜春没有准备好画具，宝钗就给她开了个单子，边念边让宝玉记下。黛玉看了宝钗列的单子，笑着拉探春道："你瞧瞧，画个画又要起这些水缸箱子来了。想必她糊涂了，把她的嫁妆单子也写上了。"探春听了，笑个不停，说道："宝姐姐，她编排你呢，还不拧（níng）她的嘴？"宝钗笑道:"不用问,狗嘴里还有象牙不成。"一边说,一边要拧黛玉的脸。黛玉忙求饶,大家又在一起说笑玩闹一会,至晚饭后,又一同往贾母处请安。

经典名句

以毒攻毒,以火攻火。
狗嘴里还有象牙不成。

经典原文

黛玉又看了一回单子,笑着拉探春悄悄的道:"你瞧瞧,画个画儿又要这些水缸箱子来了。想必他糊涂了,把他的嫁妆①单子也写上了。"探春"嗳"了一声,笑个不住,说道:"宝姐姐,你还不拧②他的嘴?你问问他编排你的话。"宝钗笑道:"不用问,狗嘴里还有像牙不成!"一面说,一面走上来,把黛玉按在炕上,便要拧他的脸。

注释:①嫁妆:女子出嫁时随带的物品。②拧:用手指夹住皮肉旋转。

课外试题

宝钗说要审黛玉,这一审两人的关系有没有变得更糟糕了?为什么?

答案:两人关系没有变得更糟糕,因为宝钗其实并非真的有意要审黛玉,只是一种玩笑的嬉闹方式,也让黛玉感受到关心,此后两人更加亲近。

惜春向诗社告假，李纨请姐妹来到稻香村，黛玉将惜春告假一事"归罪"于刘姥姥。

第四十三回

宝玉出门祭金钏儿

人物	性格	别名	身份
水溶	谦虚随和、温润如玉	北静王	王爷

点题

九月初二这天，贾府上下凑份子给凤姐热热闹闹地办生日，宝玉却一大早穿素服到郊外祭拜金钏儿，回府后谎称是去安慰失去爱妾的北静王。

一日，贾母请来王夫人、凤姐商议，用凑份子的方法，给凤姐过生日。商量完后，就命人去请薛姨妈以及贾府中比较有脸面的仆妇过来。贾母见人来齐了，就笑着把凑份子给凤姐过生日的事说了，众人都欣然答应了。

贾母先出了二十两银子；薛姨妈是贵客，也出了二十两银子；王夫人和邢夫人降一等，各出十六两；尤氏出十二两；因李纨是寡妇，贾母要替她出钱，凤姐忙笑道："我一个钱也不出，实在心中不安，大嫂子这份我替她出吧。"贾母听了，非常高兴。

贾府风俗：年高的服侍过父母的家人比年轻的主子还有体面。所以，赖大的母亲等三四个老嬷嬷各出二十两；姑娘们和宝玉各出二两银子；丫鬟、执事媳妇等出二两、一两、五百钱的都有。凤姐趁机让赵姨娘和周姨娘出钱，尤氏替两人打抱不平，凤姐却毫不在意。

众人一共凑了一百五十多两银子，贾母命尤氏为凤姐操办生日。尤氏和凤姐商量如何办酒席，凤姐让尤氏看老太太的眼色行事。次日，尤氏去凤姐房中清点银两，发现只少了李纨的那份儿，便笑骂凤姐只做人情不出钱，并当着她的面将平儿的钱退了，又私下将鸳鸯、彩云以及周姨娘和赵姨娘的钱也退了。

九月二日这一天，宝玉一大早穿上素服，和焙茗骑马出城去了。因郊外没有用于拜祭的香和烧香的炉炭，宝玉只得去平时总去的水仙庵借。进了水仙庵，宝玉不拜洛神像，只看着那洛神像落泪。借了香炉，宝玉和焙茗来到后园，因没能找到一处干净的地方，便将香炉放在井台上。

宝玉燃香，含泪施了半礼，回身让焙茗将香炉收了。焙茗答应了，却不收，跪下磕了几个头，口中说希望受祭的阴魂能时常来看望宝玉。说完，焙茗又磕了几个头才爬起来，收了香炉，和宝玉骑马回城。

进了城，宝玉从后门进了贾府，回到怡红院中。袭人等都不在，只有几个老婆子看屋子，见宝玉回来了，便对宝玉说老太太她们要开席了，在新盖的大花厅那里。宝玉听说，便换上华服，直接往大花厅那边走去。

宝玉和焙茗骑马出城，去水月庵借香炉，看见洛神像落泪。

宝玉没到大花厅，耳内早已隐隐闻得歌管之声。刚至穿堂那边，宝玉便看见玉钏一人坐着流泪，忙赔笑道："你猜我去哪里了？"玉钏把身子扭到一边不理他。宝玉心里明白，今天是玉钏姐姐金钏儿的祭日，玉钏思念姐姐自然不理他。进了花厅，贾母先问："你去哪里了？"宝玉撒谎说："北静王的爱妾没了，我安慰他去了。"贾母用"我让你老子打你"来威胁宝玉，并要求他以后不准私自出门。宝玉连忙答应着，坐下来陪大家看《荆钗记》。

经典名句

翩若惊鸿，婉若游龙。
荷出绿波，日映朝霞。

经典原文

尤氏因悄①骂凤姐道："我把你这没足厌的小蹄子！这么些婆婆婶子凑银子给你做生日，你还不足，又拉上两个苦瓠（hù）子②。"
凤姐也悄笑道："你少胡说，一会子离了这里，我才和你算账！他们两个为什么苦呢？有了钱也是白填还③别人，不如拘④了来咱们乐。"

注释：①悄：没有声音或声音很低。②苦瓠子：比喻苦命人。③填还：补偿。④拘：扣押。

课外试题

尤氏为什么责怪凤姐让周姨娘和赵姨娘出钱？

答案：因为她们经济拮据，需要手下人伺候她们，且姨娘身份地位不高，拿出十两银子负担很重。

第四十四回

变生不测 凤姐泼醋

人物	性格	别名	身份
贾琏	精明能干，风流多情	琏二哥哥、琏二爷、琏二叔	贾赦的儿子，凤姐的丈夫

点题

生日那天，凤姐不胜酒力，偷溜回家，撞见贾琏和鲍二家的在一起厮混。凤姐吃醋，和贾琏大闹一场。后来在贾母的劝说下，夫妇俩才和好。

凤姐生日，贾母叫众人轮流给她敬酒。凤姐不胜酒力，趁人不注意，准备去家里歇歇，平儿也忙跟了过来，扶着凤姐。凤姐和平儿才到穿廊下，只见她房里的一个小丫头正在那里站着，见她两个来了，转头就跑。凤姐连忙喝令她回来，又打又骂后，那丫鬟才哭着说："琏二爷拿出两块银子，让我悄悄送给鲍二的老婆，叫她进来。"

凤姐听了，气得浑身发软，连忙向家里走去。刚至院门，又有一个小丫头在门前探头，一见凤姐，也缩头就跑。凤姐连忙喝住。那丫头本来伶俐，见躲不过了，就说我刚准备去找奶奶呢，又将刚才那个丫头的话说了一遍。凤姐骂道："你早干什么去了？"说着扬手打了那丫头，便蹑（niè）手蹑脚地走到窗前。凤姐刚到窗下，就听到里头鲍二家的老婆正教唆（suō）贾琏等凤姐死了，把平儿扶正。贾琏也抱怨凤姐管他太紧，还说"我命里怎么就该犯了夜叉星"。凤姐听了，怀疑平儿对自己不忠，

047

把平儿打了几下,一脚踢开门,抓着鲍二家的撕打一顿。

平儿被打,有冤无处诉,也气得跑去打鲍二家的。贾琏不敢打凤姐,就去打平儿,平儿哭着要去寻死。凤姐见平儿寻死去了,一头撞进贾琏的怀里,叫道:"你也勒死我罢!"贾琏气得拔出墙上的剑。正闹得不可开交,只见尤氏带着一群人来了。凤姐见人来了,也不撒泼了,丢下众人,哭着往贾母那边跑。

此时戏已经散了,凤姐跑到贾母跟前,趴在贾母怀里,说:"老祖宗救我!琏二爷要杀我呢!"贾母等忙问怎么了。凤姐哭道:"我回家去听到屋内有人说话,在窗户外面一听,原来是琏二爷和鲍二家的媳妇商议,要毒死我,把平儿扶正。我气得打了平儿两下,问琏二爷为什么要害我。他臊了,就要杀我。"正说着,只见贾琏提着剑进来,贾母气得命贾琏出去,并劝凤姐道:"什么要紧的事!从小世人都这么过的。都是我的不是,叫你多吃两口酒,又吃起醋来。"说得众人都笑起来。贾母又骂:"我平时见平儿不错,怎么暗地里这么坏。"尤氏等笑道:"没有的事,俩口子吵架拿平儿撒气,您还骂她。"贾母知道自己错怪了平儿,就让琥珀去劝劝平儿,代替凤姐向平儿道歉。

平儿早被李纨拉入大观园去了,哭得哽咽难言。宝钗在一边安慰她,后面琥珀走来,说了贾母替凤姐道歉的话,平儿才渐渐地好了。宝钗等人待了一会,就去看贾母和凤姐了。

宝玉请平儿到怡红院,先替贾琏夫妇给她赔不是,又让她换上袭人的衣服,并亲自拿出上等的胭脂水粉给她整理妆容。李纨打发丫头来唤平儿,平儿便走了。平儿离开后,宝玉想到平儿无父母兄弟姐妹,独自一人,虽然将贾琏夫妇伺候得周到妥帖,但今天却遭到这样的欺辱,也是一个薄命人。宝玉闷了一回,也往稻香村来。

当晚，平儿在李纨处休息，凤姐跟着贾母睡。次日一早，邢夫人就叫贾琏到贾母面前跪下。贾母将贾琏训斥了一顿，让他给凤姐赔罪。贾琏听了，忙爬起来，给凤姐作个揖，笑道："原是我的不是，二奶奶别生气了。"满屋里的人都笑了。贾母又命贾琏夫妇安慰平儿，三人和好后，就让人送他们三人回去。回房后，凤姐埋怨贾琏跟鲍二家的一起诅咒她。贾琏说道："难道你还叫我给你跪下才肯罢休？太要强了不是好事。"说得凤姐无言以对。正说着，只见林之孝家的进来，说鲍二的媳妇吊死了，他娘家的亲戚要拿到银子，才不去告状。凤姐不许给银子，贾琏偷偷拿了二百两银子让林之孝家的给鲍家的人。凤姐正在安慰平儿，突然听到外面说："奶奶姑娘们都进来了。

凤姐过生日，不胜酒力，和平儿准备回房休息，半路上看见院里一个丫鬟慌张跑路，经过审问那丫鬟，得知贾琏在家和其他人幽会之事。

凤姐生日宴醋意风波示意图

- - - - 凤姐酒后到贾母处路线
- - - - 平儿受冤后到李纨处路线

经典名句

天下的水总归一源。

千日不好也有一日好。

经典原文

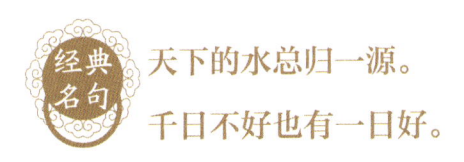

凤姐儿自觉酒沉①了，心里突突的似往上撞，要往家去歇歇，只见那耍百戏的上来，便和尤氏说："预备赏钱，我要洗洗脸去。"尤氏点头。凤姐儿瞅人不防，便出了席，往房门后檐下走来。平儿留心，也忙跟了来，凤姐儿便扶着他。才至穿廊下，只见他房里的一个小丫头正在那里站着，见他两个来了，回身就跑。凤姐儿便疑心忙叫。那丫头先只装听不见，无奈后面连平儿也叫，只得回来。凤姐儿越发起了疑心，忙和平儿进了穿堂，叫那小丫头子也进来，把槅（gé）扇②关了，凤姐儿坐在小院子的台阶上，命那丫头子跪了，喝命平儿："叫两个二门上的小厮来，拿绳子鞭子，把那眼睛里没主子的小蹄子打烂了！"那小丫头子已经唬的魂飞魄散，哭着只管碰头求饶。

注释：①酒沉：饮酒过量。②槅扇：中国古代门。由宋式格子门发展而来，用于分隔室内外或室内空间。

课外试题

凤姐跟贾琏大闹后，贾母真的责怪了贾琏吗？为什么？

答案：贾母并没有真的责怪贾琏，因为在拜寿宴席中贾母看到凤姐的丫鬟平儿哭着跑过来，并且她的脸肿了，三番四次问起平儿身上的事。

第四十五回

宝钗黛玉
互诉衷肠

人物	赖嬷嬷
性格	精明世故、谦虚谨慎
身份	贾府管事赖大的母亲
早前职务	贾母婆婆的丫鬟

点题

李纨刚说服凤姐入诗社,就见赖嬷嬷因孙子任县官一事前来请客。黛玉病了,宝钗来探望,建议黛玉吃燕窝,黛玉不便向贾府要燕窝,宝钗便悄悄命人送给她。

宝钗来看望黛玉,二人谈心,宝钗赠黛玉燕窝。晚上下雨,宝玉冒雨前来看望黛玉。

凤姐见李纨带着众姐妹进来，请她做诗社的监社御史。凤姐知道众人是想让她给诗社弄点经费，便顾左右而言他，埋怨李纨不带着姑娘们念书，学针线，反倒弄起诗社来，又不肯花钱。

李纨气得说凤姐是泥腿光棍，专会打细算盘，又问她还管不管诗社的事。凤姐见躲不过，只好答应先交五十两银子给众姐妹做东道。李纨这才满意，正要带众姐妹回园子去，就见赖嬷嬷过来和凤姐说话，她孙子荣升县太爷，请贾府众人去喝酒看戏。

黛玉每年春秋两季必犯旧疾。这天，宝钗来探望她，说起这个病症时，宝钗说："昨天我看你的药方，人参肉桂太多了，虽说益气补神，也不宜太热。依我说，最好先把肝胃养好。肝火一平，饮食就能养人了。每天用一两燕窝熬粥来吃，吃惯了，比药还强，最是滋阴补气的。"

黛玉叹道："虽然燕窝易得，但是我每年犯这病，请大夫，熬药，人参、肉桂，已经闹得天翻地覆，这回我又要熬什么燕窝粥，老太太、太

太、凤姐姐就算不说什么，那底下的老婆子、丫头们，未免嫌我太多事了。"

宝钗道："你说的也是，多一事不如少一事。我去和妈妈说送你几两。每日叫丫头熬了，又便宜，又不兴师动众的。"

黛玉忙笑道："东西是小，难得你多情如此。"宝钗道："这有什么放在嘴里的，现在只怕你烦了，我回去了。"黛玉叫她晚上再来，宝钗答应着便去了。

傍晚，天淅淅沥沥下起雨来。黛玉知道宝钗不能来了，拿书看时心有所感，提笔写了一首词《秋窗风雨夕》。刚写完，只见宝玉头上戴着大箬笠（ruò lì），身上披着蓑（suō）衣进来。黛玉不觉笑道："哪里来的渔翁？"

宝玉问黛玉："吃了药没有？"黛玉见那蓑衣斗笠十分细致轻巧，问道："是什么草编的？"宝玉道："这是北静王送的。你喜欢这个，我弄一套来送你。"黛玉笑道："我不要它，戴上成了画里的渔婆了。"说完，才想起这话与刚才说宝玉的话相连，不觉脸羞得飞红，幸好宝玉没有察觉。

宝玉刚离开潇湘馆，蘅芜院的两个婆子就送了一大包燕窝过来，还有一包子洁粉梅片雪花洋糖。临睡前，黛玉在枕上感念宝钗的恩情，又想起自己和宝玉虽和睦，终有嫌隙，不觉落下泪来，直到四更天才睡着。

经典名句

死生有命，富贵在天。
多一事不如少一事。

经典原文

吟罢搁笔，方要安寝，丫鬟报说："宝二爷来了。"一语未完，只见宝玉头上带着大箬笠①，身上披着蓑衣。黛玉不觉笑了："那里来的渔翁！"宝玉忙问："今儿好些？吃了药没有？今儿一日吃了多少饭？"一面说，一面摘了笠，脱了蓑衣，忙一手举起灯来，一手遮住灯光，向黛玉脸上照了一照，觑（qù）②着眼细瞧了一瞧，笑道："今儿气色好了些。"黛玉看脱了蓑衣，里面只穿半旧红绫短袄，系着绿汗巾子，膝下露出油绿绸撒花裤子，底下是掐金满绣的绵纱袜子，靸（tā）③着蝴蝶落花鞋。黛玉问道："上头怕雨，底下这鞋袜子是不怕雨的？也倒干净。"宝玉笑道："我这一套是全的。有一双棠木屐，才穿了来，脱在廊檐（yán）上了。"

注释：①箬笠：用箬竹叶及篾编成的宽边帽。②觑：眯着眼注视。③靸：穿。

课外试题

李纨带众姐妹来邀请凤姐入诗社，凤姐为什么要顾左右而言他？

答案：凤姐顾左右而言他是因为她事务繁忙，不擅长诗词，并且心里明白李纨真正想说的是自己出钱。

第四十六回

鸳鸯女
誓绝鸳鸯偶

人物	贾赦
性格	昏聩(kuì)无能、贪婪狠毒
别名	贾恩侯、大老爷
身份	贾母的长子 贾琏的父亲

点 ◯ 题

贾赦想讨鸳鸯为妾,被拒绝后发狠说,除非鸳鸯一辈子不嫁人,否则逃不出他的手掌心。鸳鸯只好跪在贾母面前哭诉,并立誓一辈子不嫁。

鸳鸯去园子中遇见平儿和袭人,几人说话时,遇见鸳鸯嫂子过来劝说,鸳鸯骂走了她,后直接去贾母面前说明此事。

这日，贾赦想讨鸳鸯为妾，让邢夫人去跟贾母说合。邢夫人便把凤姐叫来商量这件事。凤姐知道鸳鸯绝对不肯当贾赦的小妾，但也明白邢夫人不会听她的劝告，只得答应邢夫人一起去说服鸳鸯，走到半路凤姐就找借口溜了。

邢夫人进了鸳鸯的房间，见鸳鸯正在做针线活，便坐下来拉着鸳鸯的手，笑道："我特来给你道喜的。老爷要和老太太讨了你去，收在房里。快跟了我回老太太去。"说着，拉了鸳鸯的手就要走。鸳鸯只低头不动身，邢夫人见她这般，以为她害羞，只好离去。

鸳鸯知道邢夫人去找凤姐商量了，怕有人来问，就找借口去园子里逛逛。不想却在园中遇到平儿和袭人。鸳鸯见平儿已知贾赦要纳她为妾的事，便直言她就算一辈子不嫁人，也不愿意给贾赦做妾。鸳鸯正说着，就见她嫂子找来了。

原来，鸳鸯的嫂子是奉邢夫人之命来说合的。鸳鸯知道她嫂子的来意后，气得骂道："怪道成日里羡慕人家的丫头做了小老婆，一家子都

仗着横行霸道的,看得眼热了,也把我送往火炕里去。我若得脸呢,你们外头横行霸道;我要不得脸败了时,你们把王八脖子一缩,生死由我去!"一面骂,一面哭。平儿、袭人拦着劝她。

鸳鸯的嫂子听了,自觉没趣,赌气离开,去跟邢夫人说:"不中用,她骂了我一场。"晚上,邢夫人将此事告诉贾赦。贾赦便命鸳鸯的哥哥金文翔劝说鸳鸯,知道鸳鸯仍不愿意后大怒,说道:"叫她好好想,凭她嫁到了谁家,也难逃出我的手心!除非她死了,或是终身不嫁,我就服了她!要不然叫她趁早回心转意。"

金文翔向鸳鸯转告了贾赦的话,鸳鸯无法,只得假装答应,随后拉了她的嫂子在贾母跟前跪下,一面哭,一面说贾赦逼她为妾的事,并立誓一辈子不嫁人。鸳鸯一面说着,一面拿出剪刀来剪头发。众婆子丫鬟看见,忙来拉住,已剪下半绺(liǔ)来了。

贾母听了,气得浑身打战,说道:"我只剩这么一个可靠的人,他们还要来算计!"又骂王夫人:"外头孝顺,暗地里盘算我。"王夫人不敢出声,幸好探春为王夫人辩解道:"老太太可是糊涂了?大老爷家的事,太太如何知道?"贾母这才发现自己怪错了人,便让宝玉替自己向王夫人道歉,又说:"凤姐也不提醒我。"

凤姐忙哄贾母开心,说:"老太太会调理人,调理得水葱似的,我是孙子早就要了。"贾母听了,笑道:"你带了去,给琏儿放在屋里。"凤姐笑道:"琏儿不配,就只配我和平儿这一对'烧糊了的卷子'和他混。"说得众人都笑起来了。

经典名句 拿草棍儿戳(chuō)老虎的鼻子眼儿去。
牛不喝水强按头。

经典原文

鸳鸯听说，立起身来，照他嫂子脸上下死劲啐了一口，指着他骂道："你快夹着嘴离了这里，好多着呢！什么'好话'！宋徽（huī）宗的鹰、赵子昂的马，都是好画儿。什么'喜事'！状元痘儿灌的浆儿又满是喜事。怪道成日家美慕人家女儿作了小老婆，一家子都仗着他横行霸道的，一家子都成了小老婆了！看的眼热了，也把我送在火坑里去。我若得脸呢，你们在外头横行霸道，自己就封自己是舅爷了。我若不得脸败了时，你们把忘八脖子一缩，生死由我。"一面说，一面哭，平儿袭人拦着劝。他嫂子脸上下不来，因说道："愿意不愿意，你也好说，不犯着牵三挂四的。俗语说，'当着矮人，别说短话'。姑奶奶骂我，我不敢还言，这二位姑娘并没惹着你，小老婆长小老婆短，人家脸上怎么过得去？"袭人、平儿忙道："你倒别说这话，她也并不是说我们，你倒别拉三扯四①的。你听见哪位太太、太爷们封了我们做小老婆？况且我们两个，也没有爹娘、哥哥、兄弟在这门子里仗着我们横行霸道②的。她骂人自由她骂去，我们犯不着多心③。"

注释：①拉三扯四：指说话时杂乱牵扯进与话题无关的人或事。②横行霸道：不讲道理而欺压他人。③多心：胡乱猜疑，为不必要的事操心。

课外试题

鸳鸯为什么要拒婚？

答案：鸳鸯拒婚是因为贾赦，贾赦是贾母的小儿子，她排行老二是个特别贪婪的人，又自甘堕落，他只看重鸳鸯是贾母身边的一个红人，想要她入府，来控制自己母亲的言行。

柳湘莲见过贾宝玉后,薛蟠一直纠缠,便想了妙计,将薛蟠诱至郊外偏僻之处,打得狼狈不堪,事后,选择远走他乡。

第四十七回

柳湘莲避祸远走他乡

人物 柳湘莲
性格 豪爽任侠、疾恶如仇
别名 冷面二郎
身份 业余戏剧演员

点题

在赖大家酒宴上,薛蟠误将柳湘莲当作戏子看待,柳湘莲不堪其辱,将薛蟠诳(kuāng)出城外狠狠地打了一顿。事后,柳湘莲怕薛蟠寻仇,便离开京城,远走他乡。

邢夫人来给贾母请安，贾母让邢夫人转告贾赦："他要什么人，我这里有钱，叫他只管买去，要这个丫头，不能！留下她服侍我几年，就和他日夜服侍我尽了孝一样。"邢夫人将贾母的话转告给贾赦，贾赦无法，只得派人买了个叫嫣红的女孩为妾。

转眼到了十四日，贾府众人都去赖大的花园中赴宴。那赖大家还请了几个大家子弟作陪。其中有个叫柳湘莲的，原是世家子弟，父母早逝，性情豪爽，酷好耍枪舞剑，还喜欢客串演戏。他年纪又轻，生得又美，还喜欢串戏，那些不知他身份的人，都误以为他是戏子。薛蟠自从上次见过柳湘莲后，就对他念念不忘。等柳湘莲串了两出戏下来，薛蟠就坐到他身边，问长问短，问东问西的。

柳湘莲见薛蟠这样，心里不痛快，无奈赖大之子赖尚荣说宝玉要来见他，只好忍着。不久，宝玉从花园出来，拉着柳湘莲到大厅侧书房坐下，问他这几日有没有去过秦钟的坟上看看。柳湘莲道："怎么没去？今年夏季雨水勤，怕他的坟站不住，我还雇了人修理了一下。"二人说完话，柳湘莲就告辞出来。

柳湘莲刚出大厅，就听到薛蟠在那里乱叫："谁放了小柳子走了？"柳湘莲听了，火星乱迸（bèng），恨不得一拳打死他。只见薛蟠上去拉他，问他去哪里。柳湘莲见薛蟠如此不堪，又恨又恼，心生一计，于是约他晚些时候一起去外面喝酒。薛蟠听了，连忙答应。

两人入了席，等到薛蟠喝得八九分醉时，柳湘莲就悄悄骑马出北门，在桥上等候薛蟠。一顿饭的工夫，只见薛蟠骑着一匹马，远远地赶来，张着嘴，瞪着眼，头似拨浪鼓一般，不住左右乱瞧。柳湘莲又气又好笑，带着薛蟠来到长满芦苇的池塘前，将马拴好后，把薛蟠狠狠地打了一顿，打得薛蟠连连求饶，才放了他。

贾珍在席上突然不见了柳湘莲和薛蟠，不放心，命贾蓉带着小厮们出门寻找。贾蓉等出了北门，不久就听到芦苇丛中有人呻吟，走过去一看，只见薛蟠衣衫零碎，脸都被打肿了，遍身内外滚得似个泥母猪般。贾蓉心内已猜得八九分，嘲笑薛蟠一番后，雇了一乘小轿子，将薛蟠送回家去了。

薛姨妈回家见薛蟠浑身是伤，知道事情的原委后，气得大骂柳湘莲，又想去告诉王夫人，命人将柳湘莲抓来。幸好宝钗将她劝住。薛蟠睡在炕上，也痛骂柳湘莲，又命小厮："去拆他的房子，打死他，和他打官司！"薛姨妈忙喝住，只说柳湘莲已经惧罪逃走了。薛蟠听了，这才消了气。

经典名句

丢下耙（pá）儿弄扫帚。

你不知道我的心事，等到跟前你自然知道。

经典原文

湘莲见前面人迹已稀，且有一带苇塘，便下马，将马拴在树上，向薛蟠笑道："你下来，咱们先设个誓，日后要变了心，告诉人去的，便应了誓。"薛蟠笑道："这话有理。"连忙下了马，也拴在树上，便跪下说道："我要日久变心，告诉人去的，天诛（zhū）地灭！"一言未了，只听"镗（tāng）"的一声，背后好似铁锤砸下来，只觉得一阵黑，满眼金星乱迸①，身不由己②，就倒在地下了。湘莲走上来瞧瞧，知道他是个不惯挨（ái）打的，只使了三分气力，向他脸上拍了几下，登时便开了果子铺③。薛蟠先还要扎挣起身，又被湘莲用脚尖点了一点，仍旧跌倒，口内说道："原是两家情愿，你不依，只好说，为什么哄出我来打我？"一面说，一面乱骂。湘莲道："我把你瞎了眼的，你认认柳大爷是谁！你不说哀求，你还伤我！我打死你也无益，只给你个利害罢。"

注释：①乱迸：没有规律地往外溅散。②身不由己：指行为不能由自己来支配。③开果子铺：这里比喻身上被打得青一块紫一块，就像陈放五颜六色果子的果品铺一样。

课外试题

薛蟠为什么挨打？是谁在芦苇中找到挨打的薛蟠？

答案：薛蟠挨打是因为他看上了柳湘莲的俊美相貌，想要调戏他。薛蝌。

第四十八回

香菱向黛玉学诗

人物	性格	别名	身份
香菱（甄英莲）	文静温柔、天真善良	秋菱、菱姑娘、菱姐姐	甄士隐的女儿、薛蟠的小妾

点题

薛蟠去南方做生意，香菱跟宝钗进大观园居住，趁机向黛玉学作诗。两人一个善教，一个勤学，功夫不负有心人，香菱苦学成才写出了佳作。

薛蟠的伤好后，怕亲友们嘲笑，就在家里装病，不敢出门。一天，听到铺子里的总监张德辉说要去南方贩香料，薛蟠便吵着跟他们去南方。薛姨妈跟宝钗商议后，忍痛目送他出京。

薛蟠离京后，宝钗带香菱入园做伴，和香菱道："今儿头一日进来，先出园东角门，从老太太起，各处各人你都瞧瞧，问候一声儿，不必特意说住进园子了，有人问就说进来陪我来了。"香菱答应了就要去，只见平儿忙忙地走来。香菱忙问了好，平儿只得陪笑相问。宝钗便向平儿说了让香菱进来陪她作伴。平儿听了对香菱笑道："你来了，怎么不去各处拜一拜？"宝钗笑道："我正叫她去呢。"平儿道："我家就不必了，二爷病了在家里呢。"香菱答应着去了，先去了贾母那里。

香菱走后，平儿拉着宝钗说贾琏被打了。原来，贾赦命贾琏去购买石呆子的古扇，无奈石呆子就是不卖。贾雨村听说后，设法诬陷（wū xiàn）

石呆子拖欠官银，把他关进了牢里，没收了石呆子的古扇并送给贾赦。贾赦责怪贾琏没本事。贾琏只说了一句"为这点小事弄得人倾家败产，也不算什么本事"，就被贾赦打了一顿。平儿只得来向宝钗讨要治棒疮的药丸。宝钗听了忙送两丸药给平儿。

香菱见过众人之后，吃过晚饭，等宝钗等都去贾母那儿了，自己便往潇湘馆中来。此时黛玉病好了大半，见香菱也进园来住，十分高兴。香菱请黛玉教她作诗。黛玉告诉香菱，虽然作诗讲究韵律，但如果有了新奇优美的句子，就算韵律不对也不要紧；作诗最要紧的是立意，立意好了，诗句自然就好了。黛玉还说，学诗不要看陆游这种立意浅近的诗。真心要学诗，应该依次看熟王维、杜甫、李白的诗。有了这三个人的诗打底，再看陶渊明、鲍照等人的诗，不用一年的时间，就能作出好诗了。最后，黛玉还将《王摩诘（jié）全集》借给香菱看，并说："你只看我圈选的，有一首念一首，有不明白的，问你们姑娘，或者遇见我，我给你讲。"

香菱住进大观园，向黛玉学诗，后又在梦中得诗一首，众姐妹一齐来抢着看那首诗。

北
西
东
南
香菱回屋，一心作诗
后园门
五间大房（厨房）
葬花冢
衡芜苑
折带朱栏板桥
凸碧山庄
凹晶溪馆
花溆
香菱梦中得诗，去找黛玉
船坞
红香圃
红香圃三间小厅
嘉荫堂
正殿
水池
芍药圃
为让香菱"醒一醒"，众人到惜春房中看画
清堂茅舍
稻香村
暖香坞
侧殿
侧殿
沁芳闸桥
东角门
蓼风轩
泥佛寺
含芳阁
大观楼
缀锦阁
李纨等人拉着香菱过藕香榭
藕香榭
玉石牌坊
芦雪庵
大观园
香菱刚到沁芳亭，见到众姐妹
荇叶渚
秋爽斋
晓翠堂
栊翠庵
沁芳亭
缀锦楼
蜂腰桥
翠烟桥
翠嶂
沁芳溪
沁芳桥
紫菱洲（蓼溆）
因薛蟠出京去南方，宝钗带香菱入大观园。见过众人后，香菱请黛玉教她作诗
滴翠亭
潇湘馆
众姐妹都来到潇湘馆
船坞
茶房
角门
角门
正园门
后楼
小过道子
凤姐院
薛姨妈客居院
蔷薇花架
蔷薇花架
怡红院
新盖的大花厅
后院
粉油
大
影壁
三间小抱厦
南北宽夹道
李纨房
香菱第一日路线
香菱第二日路线

香菱学诗示意图

香菱回到蘅芜院后，什么事都不管，只在灯下看王维的五言律诗。宝钗多次催她睡觉，她也不睡。宝钗见她如此用心苦读，只得随她去了。香菱看完王维的诗后，又来找黛玉换杜甫的律诗看，并和黛玉讨论如何化用古人的诗句作诗。

临别时，黛玉以月为题，让香菱作诗。香菱回去后，一心想着作诗，茶饭无心，坐卧不宁，好不容易写了一首，先给宝钗看。宝钗看了说不好，让她拿去给黛玉看。黛玉看了也说不好，让香菱再试着作一首。

香菱听了，默默地离开潇湘馆，连房都不进，只在池边树下，或坐在石头上出神，或蹲在地上抠地。李纨、宝钗、探春、宝玉等都远远地站在山坡上瞧着她笑。不久，就见香菱兴冲冲地去找黛玉。探春笑道："咱们跟了去，看她有些意思没有。"说着，一齐都往潇湘馆来。只见黛玉正拿着诗和香菱讲。大家过去要诗来看，发现香菱写的不是月，而是月夜。宝钗便说香菱还得另作。香菱听宝钗如此说，便又思索起来。宝钗道："可真是诗魔了。"李纨笑道："咱们拉了她往四姑娘房里去，让她看看那些画，叫她醒一醒才好。"说着，便拉着香菱走过藕香榭，去了暖香坞中。众人在惜春那里看画，玩笑一会儿，各自散了。

香菱回房后，一心想着作诗，直到五更才睡着。天亮后，宝钗醒来，见香菱安稳睡着，就想着她折腾了一夜，这会应该让她好好休息，此时却突然听香菱在梦中笑道："有了！难道这一首还不好？"宝钗听了，又是可叹，又是可笑，连忙唤醒了她。原来香菱苦心学诗，白天做不出来，忽然在梦中得了八句。梳洗已毕，香菱便将梦中得的那首诗写在纸上，找黛玉看。香菱刚到沁芳亭，只见李纨与众姐妹从王夫人处回来。这时，宝钗已经告诉众姐妹香菱梦中作诗的事。众人正笑着，见了香菱，都争着要诗看。

经典名句

大漠孤烟直，长河落日圆。

渡头余落日，墟里上孤烟。

暧（ài）暧远人村，依依墟里烟。

经典原文

各自散后，香菱满心中还是想诗。至晚间对灯出了一回神，至三更以后上床卧下，两眼鳏（guān）鳏①，直到五更方才朦胧（ménglóng）睡去了。一时天亮，宝钗醒了，听了一听，他安稳睡了，心下想："他翻腾了一夜，不知可作成了？这会子乏了，且别叫他。"正想着，只听香菱从梦中笑道："可是有了，难道这一首还不好？"宝钗听了，又是可叹，又是可笑，连忙唤醒了他，问他："得了什么？你这诚心都通了仙了。学不成诗，还弄出病来呢。"一面说，一面梳洗了，会同姊（zǐ）妹往贾母处来。原来香菱苦志学诗，精血诚聚，日间做不出，忽于梦中得了八句。梳洗已毕，便忙录出来，自己并不知好歹②，便拿来又找黛玉。刚到沁芳亭，只见李纨与众姊妹方从王夫人处回来，宝钗正告诉他们说他梦中作诗说梦话。

注释：①鳏鳏：鳏：一种大鱼，其性独行。其字从鱼，鱼目常睁不闭，故常用"鳏鳏"形容忧愁失眠的样子。②好歹：这里指不知道是不是一首好诗。

课外试题

香菱拜黛玉为师，学习作诗，你觉得黛玉教得好吗？为什么？

答案

黛玉教得好。在香菱学习作诗的过程中，黛玉主要做了这几个方面的事：中心明确的教授和点拨；适当布置作业性的练习；鼓励和肯定自己的徒弟学生。

第四十九回

众美集聚大观园

人物	宝琴
性格	天真聪敏、见多识广
别名	琴姑娘、琴丫头
身份	宝钗的堂妹、薛蝌的胞妹

点题

邢岫（xiù）烟、李纹、李绮、宝琴、湘云被留在大观园后，大观园就热闹多了。下雪了，大家商议次日到芦雪庵边赏雪边作诗。

香菱见众人都争着要看诗，便将诗递过去。众人看后都称此诗为佳作，并说下次诗社一定请香菱入社。香菱听后，不敢相信，只管问黛玉、宝钗等。正说话间，只见几个小丫头走来，让众人到王夫人房中认亲戚去。

原来，邢夫人的兄嫂带了女儿岫烟进京来投邢夫人。正巧凤姐的兄长王仁也正要进京，两家便结伴而行，走到半路泊船时，又遇见李纨的

宝玉前往芦雪庵，婆子们正在扫雪，告知宝玉众姐妹还没有来。宝玉回身，只见到探春从秋爽斋出来。

寡婶带着两个女儿李纹、李绮也上京。大家都是亲戚，因此一路同行。后来又有薛蟠的堂弟薛蝌带着胞妹薛宝琴进京。所以，今日会齐了一起来访。

大家见礼叙旧，贾母、王夫人都很高兴。贾母因喜欢宝琴，便让宝琴跟自己住，还命王夫人认宝琴作干女儿。薛蝌自然在薛蟠书房中住下。贾母又让邢岫烟在园里住上几天，凤姐便安排她与同迎春住。贾母、王夫人向来喜欢李纨，今日见她寡婶来了，不可能让她去外面住。那李婶虽十分不肯，无奈贾母执意不从，只得带着李纹、李绮在稻香村住下来。

不久，保龄侯史鼐（nài）要带家眷到外省上任。贾母舍不得湘云，也把她留下来了。此时，大观园里比之前热闹了不少，以李纨为首，加上宝钗、黛玉等十个姑娘，再加上宝玉和凤姐，一共十三人。

一天，大家正聚在一起说笑，只见宝琴穿着贾母送的精美斗篷来了。贾母还让人告诉宝钗不要管束宝琴，让她爱做什么就做什么。宝钗听了，自嘲说"我就不信我哪里不如你"。宝玉见贾母疼爱宝琴，怕黛玉吃醋，结果发现黛玉将宝琴当亲妹妹看待，不由得感到诧（chà）异。

黛玉回房后，宝玉找她来问缘故。黛玉便从自己说错酒令起，连宝钗送燕窝以及病中所谈之事，详细告诉了宝玉。宝玉这才知道原因，笑黛玉"小孩子口没遮拦"。黛玉说起自己没妹妹，忍不住又哭了。宝玉忙劝慰她。

李纨将众人集聚在一起商议开诗社的事。大家相约次日在芦雪庵边赏雪边作诗。次日一大早，宝玉就爬起来，发现下了一夜大雪，忙忙地往芦雪庵来。宝玉出了院门，走至山坡之下，闻得一股寒香拂鼻。宝玉回头一看，是妙玉门前栊翠庵中有十数株红梅，映着雪色，十分漂亮。宝玉接着往前走，只见蜂腰板桥上一个人打着伞走来，却是李纨打发去

风雪伴喜宝玉赴芦雪庵示意图

请凤姐的人。宝玉来到芦雪庵，只见这芦雪庵盖在傍山临水的河滩之上，四面都是芦苇掩覆，一条小路穿过芦苇丛，便是藕香榭的竹桥。不想宝玉去早了，婆子们说姑娘们吃了饭才来呢，宝玉只得回去。刚至沁芳亭，见探春正从秋爽斋来，宝玉知她往贾母处去，便等她一会，与她一同出园去贾母处吃饭。

吃完饭后，大家进园齐往芦雪庵去。湘云和宝玉到后先烤鹿肉吃，见平儿来了，又拉住她一起烤肉。不久，凤姐也来了，笑道："吃这样的好东西，也不告诉我！"说着也凑在一处吃起来。

黛玉笑湘云烤肉吃，破坏芦雪庵优雅的景致。湘云笑道："是真名士自风流，虽然我大口吃肉，回来却是锦心绣口（文思优美，辞藻华丽）。"平儿吃完鹿肉后，发现戴的镯子少了一只，找了半天都找不到，众人都很诧异。凤姐让众人不要找了，这事包在她身上。众人听了，便一起来到地炕屋内，只见墙上贴出的诗题是："即景联句，五言排律一首，限二萧韵。"后面尚未列次序，李纨认为不用列次序，谁先得了谁先联。

经典名句
天下无难事，只怕有心人。
是真名士自风流。

经典原文
到了次日清早，宝玉因心里惦记着，这一夜没好生①得睡，天亮了就爬起来。掀开帐子一看，虽门窗尚掩，只见窗上光辉夺目，心内早踌躇（chóu chú）②起来，埋怨定是晴了，日光已出。一面忙起来揭起窗屉，从玻璃窗内往外一看，原来不是日光，竟是一夜的雪，下的将有一尺厚，天上仍是搓绵扯絮（xù）③一般。

注释：①好生：很；用心。②踌躇：指犹豫不决，拿不定主意。③搓绵扯絮：形容雪下得很大，像搓弄丝绵，撕扯绵絮似的。

课外试题

黛玉见贾母如此疼爱宝琴，为什么不吃醋？

黛玉不吃醋是因为她对宝钗的防范之心已经放下了，这是宝钗真诚对待她的结果。同时她也明白有贾母疼爱她绝对不会威胁到其自身的地位。

答案

第五十回

芦雪庭争联即景诗

人物　李纹

性格　超脱淡然、清高坚韧

别名　纹儿

身份　李纨的堂妹、李婶娘的大女儿

点题

众人在芦雪庭以雪为题，争联五言排律，其中以湘云联得最多。贾母也来凑热闹，不久带大家一起去暖香坞看惜春的画。

宝钗说："到底分个次序，我写出来。"众人便拈阄（jiū）为序，起头的恰好是李纨，然后按次开出。凤姐也来凑趣，说道："我也说一句在上头。"众人都笑说："更妙了。"宝钗便将稻香老农之上补了一个"凤"字。凤姐想了半天，笑道："你们别笑话我。我只有一句粗话。我想下雪必刮风，昨夜听了一夜的北风，我就想了这么一句，'一夜北风紧'，行吗？"众人听了，都说："这句虽粗，不见底下的，这正是会作诗的起法。"

凤姐干正事去后，众人按顺序即景联诗，不想联着联着就乱了序，竟以谁说得快谁先联。大家你争我抢，到最后竟然成了宝钗、宝琴、黛玉三人共战湘云。众人看她们对抢，都顾不得作诗了，看着只是笑。直到湘云笑得瘫软在宝钗怀中，才由李绮写了一句收尾。大家细细评论一回，发现湘云的联句最多，都笑道："这都是那块鹿肉的功劳。"

宝玉再次落第，李纨笑道："今日必罚你，我刚才看见栊翠庵的红梅有趣，如今罚你去取一枝来。"宝玉冒雪去后，众人又商定让邢岫烟、李

073

众人同贾母从暖香坞出来，贾母见宝琴披着凫靥裘站在山坡下，身后一丫鬟抱着一瓶红梅，赞宝琴比画上好看，又见宝玉从后方出现。

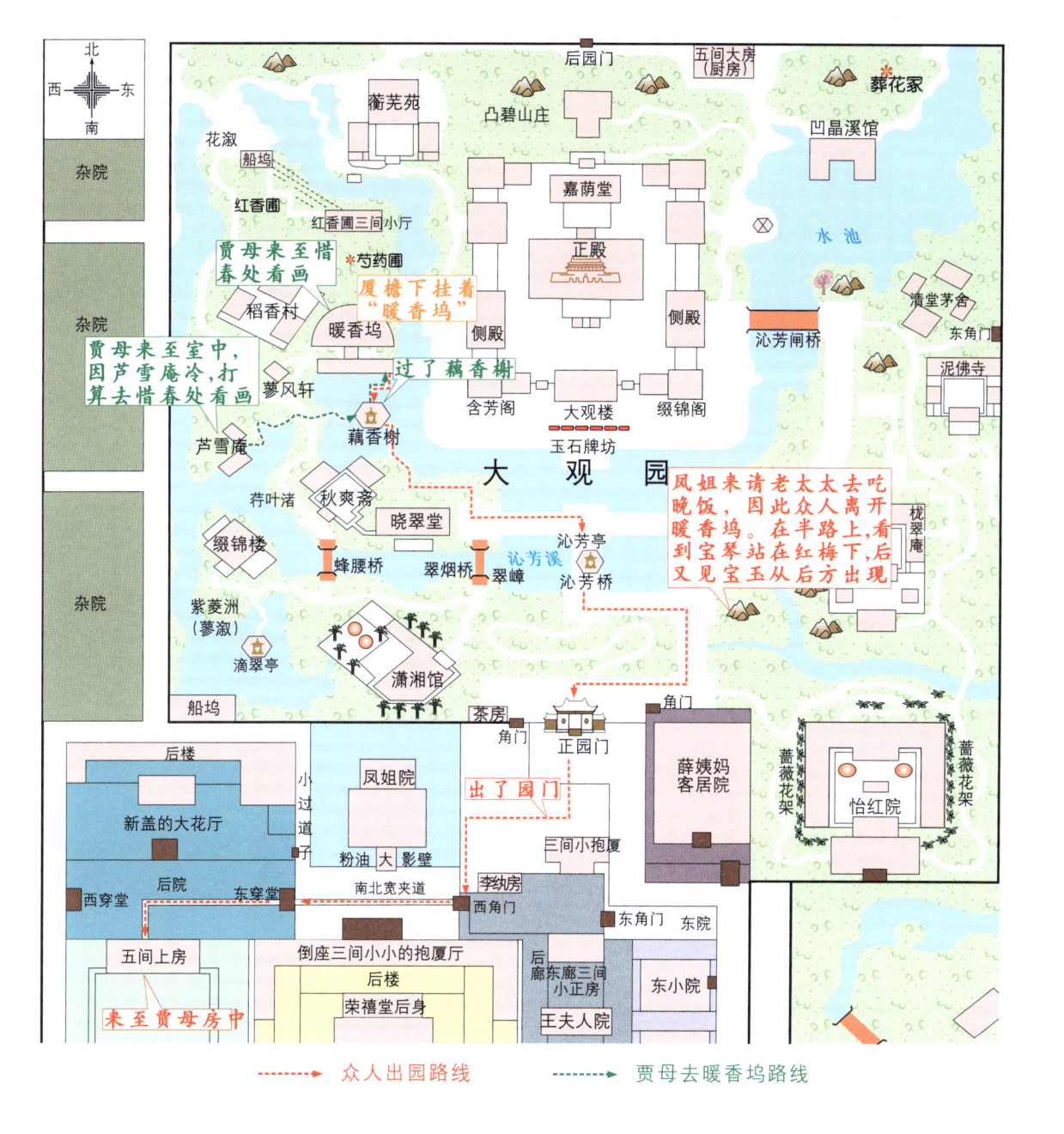

雪坡红梅映宝琴示意图

纹、宝琴分别以红、梅、花三字为韵作一首诗，又说等宝玉回来，让他以"访妙玉乞（qǐ）红梅"为题作诗。刚商量好，就见宝玉拿了一支红梅进来。

不久，邢岫烟、李纹、宝琴三人诗成，众人看后都说宝琴的诗最好。

075

众人又看了宝玉写的诗，正在评论就远远见贾母围了大斗篷，坐着小竹轿来了。李纨等忙往上迎，贾母命人止住，说："只站在那里就是了。"贾母来至跟前，众人上前接斗篷，搀扶着贾母来至室中。贾母先笑道："好漂亮的梅花！你们会乐，我来对了。"贾母知道众人在作诗后，说道："有作诗的，不如作些灯谜，大家正月里好玩。"众人忙答应。

因芦雪庵冷，贾母说惜春那里暖和，去她那里正好看看画。说着，仍坐了竹轿，大家跟随，过了藕香榭，穿入一条夹道。进了向南的正门，贾母下了轿，从里边游廊过去，便是惜春的卧房，门斗上有"暖香坞"三个字。进入房中，贾母便问画在哪里。惜春笑道："天气寒冷，胶性皆凝涩（níng sè）不润，画了恐怕不好看，所以收起来了。"贾母让惜春快点画，她年下要用。贾母刚说完，就见凤姐来了，请她去吃晚饭。

贾母和众人离开暖香坞回房，半路上看见宝琴披着凫靥裘（fú yè qiú）站在山坡上，身后一个丫鬟抱着一瓶红梅。贾母说宝琴穿着这衣服，站在红梅下，比画上的还要好看。正说着，只见宝琴身后转出了一个披着大红猩毡的人来，正是宝玉。宝玉上前来和众人说，请妙玉赠了每人一枝红梅。众人都笑道："多谢你费心了。"说话之间，已出了园门，来至贾母房中。

吃完晚饭后，薛姨妈过来了。谈话间，贾母向薛姨妈详细问了宝琴的年庚八字以及家里的境况。薛姨妈猜出她的意思，大约是要与宝玉求配。薛姨妈心中虽然愿意，只是宝琴已经许配给了梅翰（hàn）林家，只得半吐半露地将此事告诉贾母。贾母见宝琴已许了人家，就不提了。次日天晴，大家说起贾母命作灯谜之事。宝钗建议以一些浅近的事物为题作谜语。湘云先编了一个，接着宝钗、宝玉和黛玉都有了。探春也有了，刚想念出来，就见宝琴进来说，她将小时候看过的古迹选了十处，作了十首怀古诗，暗含俗物十件，想请大家猜一猜。宝琴到底写了哪十件俗物呢？

经典名句 前身定是瑶台种，无复相疑色相差。

经典原文 湘云伏着，已笑软①了。众人看他三人对抢，也都不顾作诗，看着也只是笑。黛玉还推她往下联，又道："你也有才尽力穷之时！我听听，还有什么舌根②嚼了！"湘云只伏在宝钗怀里笑个不住。宝钗推她起来，道："你有本事，把'二萧'的韵全用完了，我才服你。"湘云起身笑道："我也不是作诗，竟是抢命③呢！"

注释： ①笑软：笑得身体发软。②舌根：这里指废话。③抢命：抢救生命，形容非常紧迫。

课外试题

众人联句，起句为王熙凤所作，她说，"你们别笑话我，我只有一句粗话"，"就是'一夜北风紧'"。请结合这句诗，简析王熙凤的形象。

答案 诗句质朴自然，透露出王熙凤真实的性格，开篇由王熙凤起句，体现出她在贾府中的地位；有气势，该句后被李纨等人赞美，反映出王熙凤风风火火的性情。

第五十一回

胡庸医
乱开虎狼药

人物	麝月
性格	忠诚厚道、通情达理
别名	风月宝鉴的幻形，观照贾府的衰败
身份	宝玉的大丫鬟

点题

半夜，麝(shè)月出门看月色，晴雯想吓唬麝月，结果受了风寒。胡太医给晴雯开了狼虎之药，宝玉怕晴雯禁受不住，便另请王大夫来看。

众人听宝琴作了十首怀古诗，内含十件物品，都争着看，看完后都称新奇。宝钗认为后面两首所咏的古迹没有历史可考，应该另作。黛玉忙拦道："这宝姐姐也太胶柱鼓瑟（sè），矫揉（jiǎo róu）造作了。这两首诗所咏的古迹虽然史书没有记载，难道我们连两本与那古迹相关的戏也没见过吗？"探春和李纨深以为然，宝钗只得作罢。大家猜了一回诗中蕴含的物品，都没猜中。

袭人母亲病重，凤姐命周瑞家的送袭人回家，并叫袭人穿几件颜色好的衣服过来给她看。过了半天，袭人果然穿金戴银，打扮华丽地过来了。但凤姐仍觉得她穿得太素了，让平儿拿一件半旧大红猩猩毡的褂子送给袭人，并让袭人顺便叫人将一件大红羽纱的褂子给邢岫烟送去。

宝琴编了十首怀古诗，众人围在一起观看。晴雯因前夜受凉，卧病在床。

袭人的母亲病重去世了，袭人要为母亲守灵，不能回来。晴雯和麝月便替代袭人为宝玉守夜。宝玉在梦中仍叫袭人，醒来才想起袭人不在家。此时，晴雯已经醒了，便将麝月叫起来。宝玉说要喝茶，麝月便披上宝玉的暖袄，给宝玉倒了一碗，自己也吃了半碗。晴雯笑道："好妹子，也赏我一口。"麝月听了，也笑着倒了半碗给她，因见外面月色好，便道："你们两个别睡，说说话，我出去走走回来。"

晴雯喝完茶，等麝月出去后，想去吓吓她。晴雯仗着平日比别人强壮一些，不怕冷，也不披外衣，只穿着小袄便蹑手蹑脚地跟着麝月出了门，只见外面月光如水。忽然一阵微风吹来，晴雯只觉侵肌透骨，正要吓唬麝月，只听宝玉在屋里高声说道："晴雯出去了！"晴雯忙回身进来，笑道："哪里就吓死了她？"

宝玉笑道："倒不是怕吓坏了她，只是怕你冻着也不好。"正说着，只见麝月慌慌张张地笑了进来，说她在山子石后头，看一个人影，才要喊时，才发现是只大锦鸡。三人又说了会话，才又睡下了。

晴雯因昨晚受了冷，次日就得了重感冒。宝玉怕家里知道，悄悄命两个嬷嬷请大夫过来。不久，请来了一个姓胡的大夫，诊脉后开了药方。宝玉看那药方时，发现开的药都是药性比较猛烈的狼虎之药。宝玉怕晴雯禁受不住，又命老嬷嬷去请常来看诊的王太医来。

王太医开出的药，果然大多是药性平和的药。宝玉这才命婆子取了药来，在屋子里煎。晴雯怕药味熏坏了屋子，建议去茶房煎药，宝玉却说没事。这天，正好凤姐、贾母和王夫人商议在大观园中设置小厨房，单独做饭给园中姐妹们吃，以免她们来回跑，挨冷受冻。

经典名句 岁寒，然后知松柏之后凋也。

经典原文

一语未了，只听咯噔的一声门响，麝月慌慌张张的笑了进来，说道："吓了我一跳好的。黑影子里，山子石后头，只见一个人蹲着。我才要叫喊，原来是那个大锦鸡，见了人一飞，飞到亮处来，我才看真了。若冒冒失失一嚷，倒闹起人来。"一面说，一面洗手，又笑道："晴雯出去我怎么不见？一定是要唬①我去了。"宝玉笑道："这不是他，在这里渥②（wò）呢！我若不叫的快，可是倒唬一跳。"晴雯笑道："也不用我唬去，这小蹄子已经自怪自惊的了。"一面说，一面仍回自己被中去了。麝月道："你就这么'跑解马'似的打扮得伶伶俐俐的出去了不成？"宝玉笑道："可不就这么去了。"麝月道："你死不拣好日子！你出去站一站，把皮不冻破了你的。"说着，又将火盆上的铜罩揭起，拿灰锹（qiāo）重将熟炭埋了一埋，拈了两块素香放上，仍旧罩了，至屏后重剔了灯，方才睡下。

注释：①唬："唬"同"吓"，意思是使对方受到惊吓。②渥：蜷缩、躲藏的样子

课外试题

宝玉为什么不让晴雯服用胡大夫开的药？

答案 胡大夫开的药，药性比较强烈，恐晴雯受不了性。

因宝玉第二日要穿的孔雀裘，被烫了洞，晴雯带病连夜修补好了，第二日宝玉便穿在身出门去了。

第五十二回

勇晴雯
病补孔雀裘

点题

宝玉给舅舅拜寿，不小心将贾母送给他的孔雀裘烧了一个洞，京城里没人会织补，第二天还要穿去会客，晴雯只好强撑病体连夜补好孔雀裘。

人物	性格	意喻	身份
坠儿	自私贪财、聪明机灵	罪人儿	宝玉的小丫鬟

晚饭后，宝玉回房，看见晴雯独自一人睡在床上，浑身烧得滚烫。宝玉怪麝月和秋纹无情。晴雯说秋纹被她撵去吃饭了，麝月是刚才平儿来找，两人鬼鬼祟祟的，不知道在说些什么。宝玉听了便到窗下去偷听。

宝玉听到平儿说，那天在芦雪庵丢失的虾须镯是坠儿偷的。平儿让麝月不要让其他人知道，以免宝玉和袭人脸上不好看，特别是不能让晴雯知道。晴雯知道了，肯定会嚷了出来。还要多提防坠儿，日后找借口将她撵出去就是了。平儿走后，宝玉将平儿的话都告诉了晴雯。晴雯听了，果然气得要将坠儿叫来训斥，宝玉忙拦住她。

晴雯睡下后，宝玉要去惜春那里看画，半路上听说宝钗和宝琴都在黛玉房中，便去了潇湘馆，到了潇湘馆发现邢岫烟也在。闲聊时，宝琴提起她八岁的时候，曾在西海边遇到一个真真国的西洋女孩，不但人美还会作中国诗。众人请宝琴念那诗出来听听，听完都道："难为她！竟比我们中国人还强。"

次日一早，宝玉就去给舅舅王子腾拜寿。晴雯吃了药，仍不见病退，急得乱骂大夫，又骂小丫头们，看见坠儿，就取出一丈青，向她手上乱戳，边戳边骂："要这爪子做什么？拈不得针，拿不动线，只会偷嘴吃。眼皮子又浅，爪子又轻，打嘴现世的，不如戳烂了！"坠儿疼得乱哭乱喊。晴雯骂完，便命人将坠儿的母亲叫过来，整理坠儿的东西，带她离开怡红院。

晚上，宝玉回来说："老太太刚送的孔雀裘，谁知被烧了个洞。"麝月听了，忙命老嬷嬷拿出去找能工巧匠缝补。去了半天，仍旧拿了回来，说因不认得是什么料子，大家都不敢接这活。麝月道："怎么办？明天不穿了吧。"宝玉说："明天是正日子，老太太说了还要穿。"

晴雯听了，忍不住翻身说道："拿来我瞧瞧吧。"宝玉忙拿给她看。晴雯在灯下看了一会儿，便想出了缝补的方法。因除了晴雯自己无人会界线，晴雯只得强撑着坐起来。她刚披上衣服，就觉得头重身轻，满眼金星乱迸。她实在支撑不住，但自己不做又怕宝玉着急，只得狠命咬牙在灯下补起来。

晴雯头晕眼黑，气喘神虚，补不上三五针，便伏在枕上歇一会儿，一直补到四更天，才补好。麝月道："这就很好。若不留心，看不出的。"晴雯再也忍不住"哎哟"了一声，便身不由己倒下了。

经典名句 月本无今古，情缘自浅深。
病来如山倒，病去如抽丝。

经典原文

这里晴雯吃了药，仍不见病退，急的乱骂大夫，说："只会骗人的钱，一剂好药也不给人吃。"麝月笑劝他道："你太性急了，俗语说：'病来如山倒，病去如抽丝。'又不是老君的仙丹，那有这样灵药！你只静养几天，自然好了。你越急越着手。"晴雯又骂小丫头子们："那里钻沙去了！瞅我病了，都大胆子走了。明儿我好了，一个一个的才揭你们的皮呢！"唬的小丫头子篆（zhuàn）儿忙进来问："姑娘作什么。"晴雯道："别人都死绝了，就剩了你不成？"说着，只见坠儿也蹭了进来。晴雯道："你瞧瞧这小蹄子，不问他还不来呢。这里又放月钱了，散果子了，你该跑在头里了。你往前些，我不是老虎吃了你！"又坠儿只得往前凑了几步。晴雯便冷不防①欠身，一把将她的手抓住，向枕边拿起一丈青来，向她手上乱戳②，又骂道："要这爪子做什么？拈不动针，拿不动线，只会偷嘴吃！眼皮子又浅，爪子又轻，打嘴现世③的，不如戳烂了！"坠儿疼的乱喊。

注释：①冷不防：预料不到；突然。②戳：用锐器的尖端刺击。③打嘴现世：丢脸，出丑的意思。

课外试题

坠儿偷了平儿的虾须镯，平儿为什么要麝月瞒着晴雯？

答案

晴雯是个火爆子，知道了定闹出事来，可能会在园子里闹得人人皆知，也会连累了平儿。

第五十三回

荣国府
元宵开夜宴

人物	性格	别名	身份
贾芹	张狂无耻、贪婪狠毒	芹儿	贾府三房里的老四

点题

因涝（lào）灾，庄子里送的年货少了一大半，但不管是除夕宁国府祭祀宗祠的宴席，还是元宵荣国府设的家宴，场面都宏大奢侈得令人咋（zé）舌。

晴雯累倒了，宝玉忙命小丫头替她捶着，天一亮就命人传王太医。王太医给晴雯诊了脉，开了益神养血的药。晴雯服用后，病就渐渐地好了。袭人回来，知道晴雯将坠儿撵走后，也没说别的，只是说太性急了些。

当时正是腊月，离新年越来越近。贾珍在宁国府那边开了宗祠，命人打扫，收拾供器。正忙着，只见小厮拿着个禀帖和一篇账目进来，原来是宁国府安排的负责管理黑山村田产进项的庄头乌进孝来交今年庄上的租金和进贡。

贾珍看完账目，命人将乌庄头叫进来，皱眉说道："我算定了你至少也有五千两银子来，这够做什么的！真是别让过年了。"乌庄头忙说："今年因有洪灾，各处收成都不好，才这样的。爷这还算好的，那荣府里收成更差，今年要打饥荒了。"

贾蓉笑着向贾珍道:"果真那府里穷了。前儿我听见二婶娘和鸳鸯悄悄商议,要偷老太太的东西去当银子呢!"贾珍笑道:"那又是凤姑娘的鬼,哪里就穷到如此?"说着,命人带了乌庄头出去,好好招待他。贾珍又将庄子里送来的物品,拿出一些来,堆在月台下,发给族中子弟。因见贾芹来了,贾珍叫他过来,训道:"管理家庙,贪污受贿,夜夜招聚匪类赌钱,养老婆小子。你还敢领东西来?等过了年,我必和你琏二叔说,换回你来。"贾芹红了脸,不敢答言。

到了腊月二十九日,两府中都换了门神、对联、牌匾,宁国府从大门、仪门、大厅、暖阁、内厅、内三门、内仪门并内塞门,直到正堂,一路正门大开,两边阶下大红灯笼高照。次日,由贾母带领,凡是有诰封的人,皆按品级身穿朝服,进宫朝贺,行礼并参加宫中举办的宴会后,到宁国府暖阁下轿。族中众子弟之中有未随入朝的,都在宁府门前排班伺侯,然后引入宗祠。宝琴第一次进贾府宗祠,便细细打量这宗祠:原来是宁府西边的另一个院子,黑油栅栏内五间大门,上悬一块匾,写着"贾氏宗祠"四个字,抱厦前上面悬一九龙金匾。正殿里香烛辉煌,列着牌位。贾府众人按辈分排成两行站好:贾敬主祭,贾赦陪祭,其他人也各司其职,行了祭礼。礼毕,退出正殿。

众人簇(cù)拥着贾母来到正堂,向宁、荣二祖的遗像以及两边的几幅列祖遗像行礼。贾荇、贾芷等从内仪门挨次列站,直到正堂廊下。槛外是贾敬、贾赦,槛内是各女眷。众家人小厮皆在仪门之外。每一道菜传至仪门,贾荇、贾芷等接了,按位次一一传于贾母,贾母方捧放在供台上。贾母拈香下拜,众人方一齐跪下,将五间大厅、三间抱厦、内外阶梯塞得无一空地。礼毕,贾敬、贾赦等忙退出,到荣国府等候,给贾母行礼。

尤氏上房早已袭地铺满红毡,请贾母上去坐下喝茶。众姐妹也依位次坐下，喝完茶，贾母便要回荣府，凤姐搀扶走出来，至暖阁前上了轿。尤氏亦随邢夫人等同去荣府。来到荣府，也是大门正厅直开到底。过了大厅，转弯向西，到贾母这边正厅下轿。众人围随一同到贾母正室之中，由贾敬、贾赦起，按辈分向贾母行礼。贾府众多嬷嬷、丫鬟、小厮也过来行礼，贾母让散了压岁钱，摆上合欢宴。那晚，各处佛堂、灶王前焚香上供，大观园正门上也挑着大明角灯，上下人等皆打扮得花团锦簇，一夜欢声笑语，爆竹声络绎不绝。

　　大年初一，贾母等又进宫朝贺，并为元春祝寿。王夫人与凤姐天天

忙着请人吃年酒，一直忙了七八天。

元宵节晚上，贾母在大花厅上命摆几席酒，定一班小戏，带领荣、宁二府各子侄孙男孙媳等开家宴，又请李婶、薛姨妈二位来。贾族中人虽不全来，但也算是热闹了。大家一起看《西楼·楼会》这出戏，快结束时，演文豹的武生说："恰好今日正月十五，荣国府里老祖宗家宴，待我骑了这马，赶进去讨些果子吃是要紧的。"刚说完，贾母等人都笑了起来。贾母说了一个"赏"字，早有三个媳妇将手中预备的小笸（pǒ）箩里的钱，向台上一撒，只听"豁（huō）啷啷"，满台的钱响。

荣国府元宵节开夜宴，众人围聚在一起听戏文。

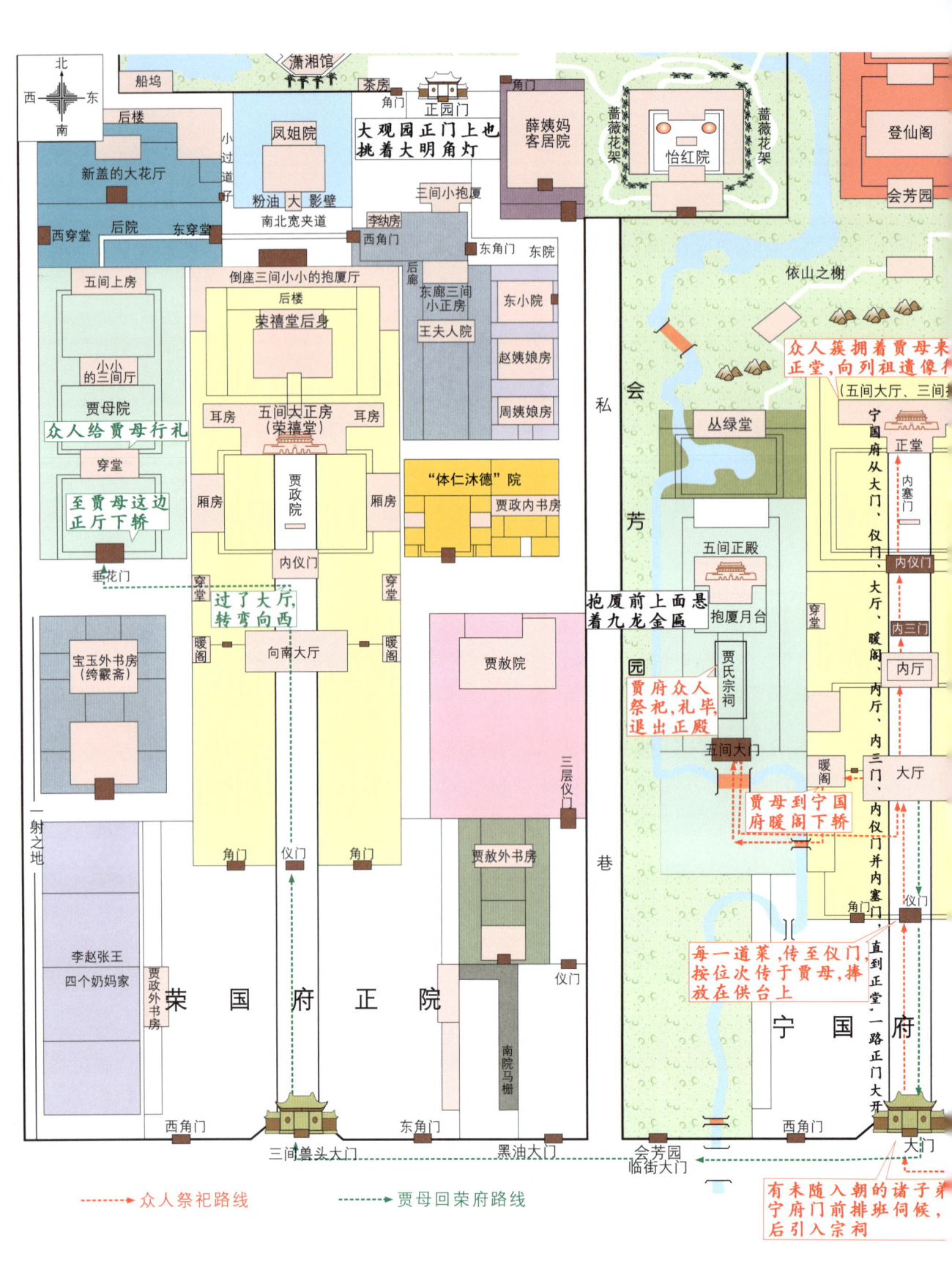

宁国府除夕祭宗祠示意图

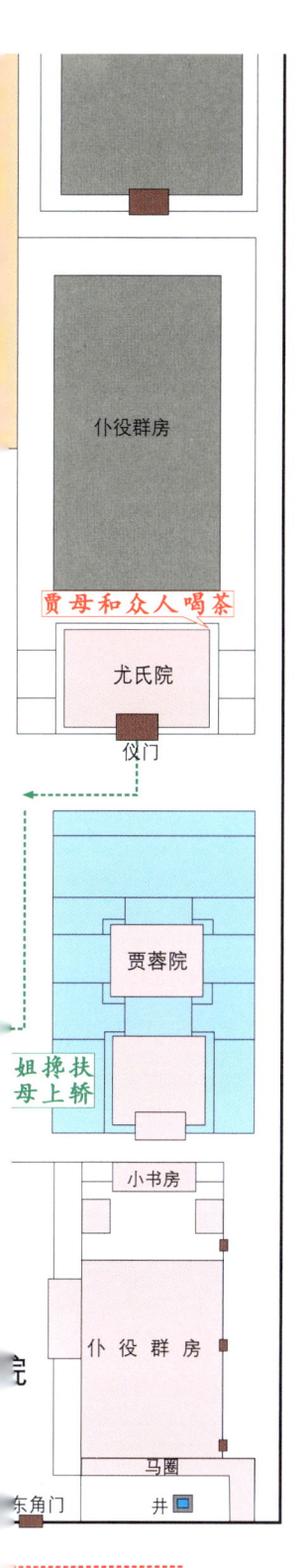

贾母和众人喝茶
尤氏院
仪门
姐搀扶母上轿
贾蓉院
小书房
仆役群房
马圈
东角门　井
贾母等人入宫回来

经典名句　黄柏木作磬（qìng）槌（chuí）子——外头体面里头苦。

经典原文　凡从"文"旁之名者，贾敬为首；下则从"玉"者，贾珍为首；再下从"草头"者，贾蓉为首：左昭右穆①，男东女西。俟（sì）贾母拈香下拜，众人方一齐跪下，将五间大厅，三间抱厦，内外廊檐，阶上阶下，两丹墀（chí）内，花团锦簇②，塞的无一隙空地。鸦雀无闻，只听铿锵（kēng qiāng）叮当，金铃玉佩微微摇曳之声，并起跪靴履（xuē lǚ）飒沓（sà tà）③之响。

注释：①左昭右穆：昭穆就是宗庙、坟地和神主的左右位次，左为昭，右为穆。②花团锦簇：形容五彩缤纷、十分鲜艳的景象。③飒沓：形容脚步声多而杂。

课外试题

贾珍将年货发给族中子侄，贾芹也来领，贾珍为什么数落他一顿？

因为贾芹在家庙里掌管着和尚、道士们，月例银子也是贾芹按月领去分配。

答案

有婆子引来两位说书人，刚说了书名，贾母便将大概内容说了，并批评是陈腐旧套。后众人围坐在一起玩击鼓传花的游戏。

第五十四回

史太君批评陈腐旧套

人物 秋纹

性格 瞒上欺下、嚣张刻薄

身份 宝玉的大丫鬟

点题

元宵夜，两个说书女先生给众人讲书生王熙凤和千金小姐雏鸾(chú luán)私定终身的故事，刚开了个头，贾母就说自己已经知道这故事的结局了，还批驳这故事陈腐旧套，纯属瞎编。

贾珍、贾琏也预备了大簸（bǒ）箩的钱，听见贾母说"赏"，他们就命令小厮们快撒钱。只听满台钱响，贾母十分高兴。

到了二更天，贾母半卧于软榻之上，让宝琴、湘云、黛玉和宝玉坐在身旁。众人一边看戏，一边饮酒、食果品点心。贾珍、贾琏提着酒壶前来敬酒，按顺序敬了一圈就退下了。

宝玉出去一趟，回来也取了一壶暖酒，正准备按顺序敬酒。贾母道："他年纪小，让他斟吧，大家都要饮尽此杯。"说完，贾母自己先干了，王夫人、薛姨妈等人也随之饮尽。贾母又对宝玉说："你给姐妹们都斟上，不能乱斟，让她们也干了。"宝玉应着，依次斟上酒。到黛玉的时候，她偏不喝，将杯子置于宝玉唇边，宝玉一口气喝完了，黛玉笑道："多谢。"宝玉敬完一圈酒才回到原座。凤姐笑道："宝玉别吃冷酒。"宝玉道：

"没有吃冷酒。"凤姐笑道:"我知道没有,不过白嘱咐你。"

戏停下时,就有老婆子引了两个说书女先生进来。女先生讲的书名叫《凤求鸾(luán)》,内容是南唐书生王熙凤跟千金小姐雏鸾一见钟情、私定终身的故事。女先生刚开了个头,贾母忙道:"不用说了,我已经猜着了。"

贾母又道:"这些书就是一个套路,把人家女儿说得这么坏,还说是'佳人'。这佳人见了一个清俊男人,想起她的终身大事来,父母也忘了,书也忘了,鬼不成鬼,贼不成贼,哪一点儿像个佳人?编这书的人嫉妒人家富贵,才编出来糟蹋人家。他哪里知道那世宦读书人家的规矩?别说书上那些大家子,如今眼下就拿咱们这中等人家来说,也没那样的事。"

众人听了,都笑道:"老太太这一说,是谎都掰出来了。"凤姐又笑着模仿说书人的口吻,将贾母的这番话称为《掰谎记》。话还没说完,众人都笑倒了。

三更天时,大家玩击鼓传花的游戏。鼓停时,花传到贾母手中,贾母讲了个笑话。鼓声再停时,花传到凤姐手中,凤姐讲了个聋子放炮仗的笑话。凤姐说完笑话,便劝贾母早点回去休息。贾母吩咐:"咱们也将烟花放了,就散了。"众人连声称好。贾蓉连忙带人在院内布置各种烟花。黛玉身子弱,受不了爆竹声,贾母将她搂在怀中。薛姨妈搂着湘云,湘云笑道:"我不怕。"宝钗笑道"她专爱自己放大炮仗,不怕这个!"王夫人将宝玉搂在怀中。凤姐笑道:"我们是没人疼的！"尤氏对她说："有我呢，我搂着你。"说话间，各色烟花在空中炸开。放完炮竹，众人又吃了点东西，就回房了。元宵过后，凤姐突然小产，贾府上下都惊慌不已。

经典名句

一张口难说两家话。

花开两朵，各表一枝。

聋子放炮仗——散了。

经典原文

众人见她正言厉色①的说了，也都再无有别话，怔怔的还等往下说，只觉她冰冷无味的就住了。湘云看了她半日。凤姐儿笑道："再说一个过正月节的：几个人拿着房子大的炮仗往城外放去，引了上万的人跟着瞧去。有一个性急的人等不得，就偷着拿香点着了。只见'噗哧(pū chī)'的一声，众人哄然②一笑，都散了。这抬炮仗的人抱怨卖炮仗的捍(hàn)③的不结实，没等放就散了。"

注释：①正言厉色：话语郑重，态度严厉。②哄然：形容喧哗吵杂的样子。③捍：这里指用棍棒来回碾（niǎn）。

课外试题

有人说，贾母撒谎是为了维护黛玉和宝玉的名誉，你觉得对吗？为什么？

答案： 贾母撒谎一定程度上是为了维护黛玉和宝玉的名誉，因为她听薛姨妈二人共且目睹黛玉宝玉之间的一些举动，才坚决要她们几个分开去住。

探春和李纨在管理大观园期间，赵姨娘因为探春少给了钱，便和探春吵闹，平儿闻讯赶来劝解，探春仍不愿徇私。

第五十五回

贾探春管理大观园

人物	性格	别名	身份
赵姨娘	狠毒愚昧（mèi）、争强好胜	赵姨奶奶	贾政的妾、探春和贾环的生母

点题

凤姐小产，探春、李纨和宝钗管理家事，赵国基去世，探春照旧例给二十两银子。赵姨娘来哭闹，骂探春不肯拉扯赵家人，探春按例办事，寸步不让。

刚忙完年事，凤姐突然小产，王夫人只得让她好生调养，又叫李纨和探春暂时管事。因园中人多事繁，王夫人又叫宝钗来帮忙。李纨和探春商议，每日清晨一起到议事厅办事。

众人先前听说李纨和探春共同管事，都不在意，比凤姐管理时懒散了许多。谁知几件事过后，发现探春精细处不比凤姐差，只是语言安静、性情和顺罢了。

这天，吴新登的媳妇进议事厅说："赵姨娘的兄弟赵国基昨天去世，已回过老太太、太太，叫回姑娘来。"说完，便垂手站在一旁，不再说话。这时来回话的人不少，都打听她二人办事能力怎样。如果办得好，大家便有了畏惧之心；如果办不好，不但不畏惧，出了二门还会编出许多笑话来取笑她俩。吴新登家的轻视李纨和探春，所以只说了一句话，试看她们怎样办事。

探春便问李纨，李纨想了想道："袭人的妈去世赏了四十两，这也赏他四十两吧。"吴新登的媳妇接了对牌就走。探春把她叫回来，问往年老太太屋里的老姨娘家里人去世了，家里的、外头的分别赏多少。吴新登家的说不记得了。探春听了将她数落了一顿，又命她立即拿账本来看。吴新登家的满面通红，忙转身出来。众媳妇们见了，都吓得伸舌头。

　　探春和李纨查完账本后，便按例给了赵国基家人二十两银子的丧葬费。突然，赵姨娘进来，开口便说这里的人瞧不起她，现在探春也瞧不起她了。她这么大年纪，混得连袭人都不如了。探春忙拿账本给赵姨娘看，并说自己只是按规矩办事。赵姨娘没话答，便指责探春只顾攀（pān）高枝，为人尖酸刻薄，自己舅舅去世了也不多给点钱。

　　探春听了，气得脸都白了，边哭边说："谁是我舅舅？我舅舅早升了九省的检点了！哪里又跑出一个舅舅来？"李纨急得只管劝，赵姨娘还只管唠叨。平儿来了，赵姨娘才住嘴。平儿对探春说："奶奶让我转告三姑娘，赵国基的安葬费，请姑娘裁度着，再添一些也使得。"探春忙说道："好好的添什么？你主子真个倒巧，叫我开了例，她做好人。"平儿见探春生气了，也不再多说。平儿服侍探春洗完脸，又请探春看看哪里该添该减的。探春便将宝玉、贾环和贾兰上学的零花钱给减去了。探春又让平儿先回去，等她们商量好了再过来。

　　平儿回去后，便将今日之事告诉凤姐。凤姐笑道："好，好，好！好个三姑娘，我说不错。"凤姐又说府里这些公子小姐，除了探春没一个中用的，并叮嘱平儿，凡事要恭恭敬敬顺从探春，"千万别想着怕我没脸，和她一强，就不好了"。平儿忙说："我早这么做了。"

经典名句

一人作罪一人当。

墙倒众人推。

擒（qín）贼必先擒王。

经典原文

众人先听见李纨独办，各各心中暗喜，因为李纨素日①是个厚道多恩无罚的人，自然比凤姐儿好搪塞（táng sè）②些，便添了一个探春，都想着不过是个未出闺阁的年轻小姐，且素日也最平和恬淡，因此都不在意，比凤姐儿前便懈怠（xiè dài）③了许多。只三四天后，几件事过手，渐觉探春精细处不让凤姐，只不过是言语安静、性情和顺而已。

注释：①素日：往日；平时。②搪塞：敷衍、不负责任。③懈怠：懒散怠慢。

课外试题

吴新登家的给探春回话为什么只回一句话？如果面对的是凤姐，她还会这样吗？为什么？

答案：因为她觉得探春是个未出闺阁的年轻小姐，好欺负。如果面对的是凤姐，她就不会这样了，因为凤姐是出了名的厉害。

第五十六回

贾探春改革大观园

人物 贾探春
性格 精明能干、有勇有谋
别名 三姑娘,玫瑰花,蕉下客
身份 贾宝玉同父异母的妹妹

点题

探春将重叠的费用减去后,又大兴改革之事,将大观园各处承包出去,并采纳宝钗的建议,将园中收获分给众人,这样既减少了开销,又使人人得利。

　　平儿陪着凤姐吃了饭,就去探春那边议事。平儿进入议事厅中,探春三人正在说赖大花园的事,见平儿来了,便让她在脚踏上坐了。探春说道:"我想我们一个月所用的头油脂粉,和我们的月钱,跟刚才学堂里的八两一样也重叠了。这事虽小,钱有限,但也不是很妥当。你们奶奶怎么没想到这个呢?"平儿笑道:"姑娘们的月钱,不是为了买这些的,为的是一时当家的奶奶太太,或不在家,或不得闲,姑娘们偶然要个钱使,省得找人去,这不过是恐怕姑娘们受委屈的意思。"

　　探春说道:"把这一项减去吧。这是第一件事。第二件,我听赖大家的女孩说,她家园子让人承包,年终还有二百两剩的。我们这个园子比她们的多了一半,算起来一年也有四百银子的利息。不如在园子里,挑出几个懂得管理园圃(pǔ)的老妈妈,派她们收拾料理。也不用她们交租纳税,只问她们一年可以孝敬些什么。一来园子里有人专门修理花木;

平儿进大观园,往秋爽斋来。

二来也不白浪费好东西；三来老妈妈也有额外补贴；四来也少了花匠、打扫之人的工钱。"

宝钗和李纨都称是个好主意。平儿说凤姐也有这样的打算，但怕委屈了姑娘们，不好说出口。宝钗称赞平儿会说话。探春也说平儿的话让她惭愧，她一个女孩还没有人疼，哪里有好处去侍人，说着忍不住落泪。宝钗和李纨见了都为她伤心，又劝她正事要紧。平儿去和凤姐说了改革大观园的事，凤姐也十分赞同。

探春便让李纨将园中所有婆子的名单要来，大概定了几个。又将那些婆子全部叫来说了这件事，没有不愿意的。这时突然有人来说，大夫过来了，进园瞧史姑娘去。众婆子只得去接大夫，平儿问他们："你们难道没有两个管事的头脑带大夫进来？"来的人回道："有，吴大娘和单大娘在西南角上聚锦门等着呢。"

众婆子去后，探春等三人便讨论刚才的分配：老祝妈家里都是管打扫竹子的，将这所有的竹子交给她合适；老田妈原本就是种庄稼的，稻香村一带有菜蔬稻稗（bài）之类就让她管去。探春又道："可惜，蘅芜苑和怡红院这两处大地方竟没有出利息之物。"李纨便说："蘅芜苑更厉害，如今香料铺和大市大庙卖的各处香料香草，都是这些东西，算起来比别的利息更大。怡红院就更不用说了，只说春夏两季玫瑰花，共下多少花？还有一带篱笆上的蔷薇、月季、宝相、金银藤等，这些花草干了，卖到茶叶铺、药铺去，也值钱。"探春便道："原来如此。"宝钗说怡红院有个老叶妈为人实诚，可以让她管理蘅芜苑的香草。

探春三人挑选出各处承包人后，便将人叫来，将承包之事告诉她们。大家听了都说愿意。经过商议后，探春和李纨最终采纳了宝钗的建议：承包所得的利息不用上交，只需要拿出来购买园子里所用的清洁工具和禽鸟鹿兔吃的粮食就行了，剩下的利息则散发给园中其他的老妈妈。宝钗的这个建议使人人都有分红，自然人人都高兴。宝钗又叮嘱老妈妈们，既然得了额外的补贴，就要好好做事，不要再随意吃酒赌博。众婆子都让她只管放心。正说着，只见林之孝家的进来说，江南甄府派人来送礼。探春忙命人去回贾母。

贾母亲自接见甄家派来请安的四个女人。那四个女人说，甄家也有个宝玉，性情模样跟贾家宝玉一样。贾母听了高兴得逢人就说这事。别人听了都不放在心上，只有宝玉听了又向往又疑惑。后面宝玉去蘅芜苑去看湘云，同湘云说了此事，俩人说闹一会，湘云便睡下了。宝玉回房后，就梦见自己进了甄府，见到了甄宝玉，醒来后才知道是镜子照着自己影子，所以才做了这样的梦。

经典名句

幸于始者怠（dài）于终，善其辞者嗜（shì）其利。
单丝不成线，独木不成林。

经典原文

宝钗忙走过来，摸着他的脸笑道："你张开嘴，我瞧瞧你的牙齿舌头是什么作的。从早起来到这会子，你说这些话，一套一个样子，也不奉承三姑娘，也没见你说奶奶才短想不到，也并没有三姑娘说一句，你就说一句是，横竖三姑娘一套话出，你就有一套话进去，总是三姑娘想的到的，你奶奶也想到了，只是必有个不可办的原故。这会子又是因姑娘住的园子，不好因省钱令人去监管。你们想想这话，若果真交与人弄钱去的，那人自然是一枝花也不许掐，一个果子也不许动了，姑娘们分中自然不敢，天天与小姑娘们就吵不清。他这远愁近虑，不亢不卑。他奶奶便不是和咱们好，听他这一番话，也必要自愧的变好了,不和也变和了。"探春笑道:"我早起一肚子气,听他来了,忽然想起他主子来,素日当家使出来的好撒野的人,我见了他便生了气。谁知他来了,避猫鼠儿似的站了半日,怪可怜的。接着又说了那么些话,不说他主子待我好,倒说'不枉姑娘待我们奶奶素日的情意了。'这一句,不但没了气,我倒愧了,又伤起心来。我细想,我一个女孩儿家,自己还闹得没人疼没人顾的,我那里还有好处去待人。"口内说到这里,不免又流下泪来。李纨等见她说得恳(kěn)切,又想她素日赵姨娘每生诽谤(bàng)①,在王夫人跟前,亦为赵姨娘所累,也都不免流下泪来,都忙劝她:"趁今日清净,大家商议两件兴利剔(tī)弊②的事,也不枉太太委托③一场。又提这没要紧的事做什么。"平儿忙道:"我已明白了。姑娘说谁好,竟一派就完了。"

注释:①诽谤:指用假话来诋毁人;冤枉。②兴利剔弊:兴办有利的事,清除各种弊端。③委托:把事情托付给别人或别的机构。

课外试题

探春理家进行的改革能不能挽救贾府衰败的命运呢?为什么?

探春的改革虽能提振贾府萎败的命运,因为贾府是封建贵族,只是中央政权的一个缩影,并且整个封建大厦已岌岌可危,只凭探春兴利除弊是挽救不了的。

答案

第五十七回

慧紫鹃情辞试莽玉

人物 紫鹃
性格 忠诚善良、聪慧勇敢
别名 鹦哥
身份 黛玉的大丫鬟

点题

宝玉听紫鹃说，黛玉明年就要回苏州了，于是跟晴雯回到怡红院后，便呆呆地像个提线木偶，让他做什么他便做什么，连痛感都没了。众人见他这样，都慌了。

这天，宝玉去看黛玉。黛玉刚睡午觉，宝玉不敢惊动，见紫鹃正在回廊上做针线，便劝她不要在风口里坐着，以免生病。紫鹃却说道："姑娘吩咐我们，不要和你说笑。"说完就回房了。宝玉听了，心中如浇了一盆冷水一般，失魂落魄地坐在山石上，伤心落泪。刚好雪雁路过见了，以为他又和黛玉吵架了。雪雁回到房中，看见黛玉还没醒，就问紫鹃："姑娘没醒，谁给宝玉气受？坐那里哭呢。"紫鹃听了，忙问在哪里。雪雁道："在沁芳亭后头桃花树底下呢。"

紫鹃听说，便出了潇湘馆，来寻宝玉。紫鹃走到宝玉跟前，告诉宝玉，刚才只是玩话，又说最迟明年秋天，林家人就要接黛玉回苏州了。宝玉起初不信，后来见紫鹃说得煞有其事，便信了，呆呆地站了半天都不说话。正巧晴雯来找宝玉，紫鹃便自己回房了。

晴雯见宝玉呆呆的，满脸涨红，两眼发直，忙拉他的手，一直回到

怡红院中。袭人见了宝玉嘴角流口水也不知道，给他枕头他就睡下，扶他起来他就坐着，倒了茶来，他便喝茶。袭人等见宝玉这个样子都慌了。袭人急忙去潇湘馆找紫鹃。袭人见紫鹃正服侍黛玉吃药，也顾不得什么，走上来便问紫鹃刚才和宝玉说了什么，并说宝玉"怕这会子都死了"。黛玉听此言，"哇"的一声，将所服之药一口呕了出来，又命紫鹃立即去看宝玉。

此时贾母、王夫人等已在宝玉房中。贾母一见紫鹃，便眼内出火，骂道："你这小蹄子，和他说了什么？"紫鹃说出原委后，贾母流下泪来，道："我当有什么要紧大事！原来是这句玩话。"

正说着，有人回："林之孝家的来看宝玉。"宝玉听到一个"林"字，便满床闹起来，说："了不得了，林家的人接她们来了！快打出去！"贾

紫鹃去沁芳桥的桃花树下,和宝玉说黛玉要回姑苏了,宝玉闻言,呆坐原地,直到晴雯找来将他拉走。

母听了,也忙说:"打出去!"宝玉又说:"凭他是谁,除了林妹妹,都不许姓林了。"贾母道:"没有姓林的,姓林的我都打出去。"

不久,宝玉又一眼看见了桌子上陈设的一只金西洋自行船,便指着说那是来接黛玉的船。袭人将船拿下,宝玉接过来,将船放在被窝里后,才放下心来。

宝玉吃药后方才安静下来,只是不肯放紫鹃回去。贾母便命紫鹃留在怡红院,又叫琥珀去服侍黛玉。宝玉好后,紫鹃回到潇湘馆,夜深人静时,悄悄劝黛玉:"趁老太太还明白硬朗,作定了大事要紧。"黛玉听了,悄悄哭了一夜。

薛姨娘因喜欢邢岫烟生得端雅稳重,便想将她说给薛蝌为妻。这天,宝钗去见黛玉,路上遇见邢岫烟,见她衣裳单薄,一问才知道,邢岫烟

宝钗解岫烟困示意图

为了请迎春房中的丫鬟媳妇喝酒，将冬衣当了。宝钗听了，便让岫烟悄悄拿当票给她，她好派人去将衣服赎回来。两人又说了一会，便各自走开。

宝钗进了潇湘馆，见薛姨妈也在。闲聊时，宝钗开玩笑说要将黛玉说给薛蟠。黛玉伏在薛姨妈怀里："姨妈不打她，我不依！"薛姨妈搂着她笑道："你别信你姐姐的话，她是和你玩呢。"薛姨妈又说要跟老太太说，将黛玉说给宝玉。紫鹃听了忙跑来，请薛姨妈快去说，被薛姨妈取笑她急着找个小女婿。

经典名句

万两黄金容易得，知心一个也难求。

兔死狐悲，物伤其类。

经典原文

宝玉听了，便如头顶上响了一个焦雷①一般。紫鹃看他怎么回答，等了半天，见他只不作声②。才要再问，只见晴雯找来说："老太太叫你呢。谁知在这里。"紫鹃笑道："他这里问姑娘的病症，我告诉了他半天，他只不信，你倒拉他去罢。"说着，自己便走回房去了。

注释：①焦雷：晴天响起的巨雷。②作声：开口说话。

课外试题

紫鹃为什么要骗宝玉，说林家要将黛玉带走？

紫鹃骗宝玉说林家要接黛玉走，是为了试探宝玉真心，为黛玉的未来打算。

109

第五十八回

杏子阴假凤泣虚凰

人物 芳官

性格 聪明伶俐、善解人意

身份 宝玉的丫鬟

曾经职业 戏班子里的正旦

点题

清明节，藕官在园子里烧纸钱被老婆子抓包。宝玉见了谎称自己让她烧的。宝玉又问藕官在为谁烧纸，藕官让他去问芳官。芳官说了藕官之事后，宝玉又喜又悲。

    宫里老太妃去世，有诰命的都得入朝随班按爵守制。朝廷下令，有官爵的府里，一年内不许摆宴奏乐，普通人家三月内不得婚嫁。贾母婆媳祖孙等既要每日入朝随祭，后来又要出京送灵守灵，这一来一回得有一个月的时间。因此荣宁两府没人管事，大家商议上报"尤氏产育"，将她留下来，处理宁荣两府事务。贾母又委托薛姨妈在园内照管众姐妹丫鬟。薛姨妈便挪至潇湘馆和黛玉同住，并无微不至地照顾黛玉。黛玉感激不尽，与薛姨妈母女如亲人般相处。

    因为见有养优伶的官宦家都将优伶遣散了，尤氏便等王夫人回来后，提出也将园中的戏班子遣散。王夫人将愿意留在贾府的唱戏女孩分派到园中各处当差。尤氏又遣人告诉了凤姐，那些要离开贾府的唱戏女孩每人给八两银子，让她们自便。

    清明节这天，宝玉病没好，便没去祭祀。吃完饭后，袭人劝宝玉出去散散心。宝玉便只拄了一支杖，步出院外，准备去看看黛玉。宝玉从沁芳桥一带堤上走来，看到一株大杏树已结了许多小杏，想起邢岫烟已择了夫婿，心中感叹再过两年邢岫烟也要"绿叶成阴子满枝"了。宝玉正自胡思间，突然见到一股火花从山石那边发出，将雀儿惊飞。

宝玉吃了一惊，忙转过山石，只见藕官满面泪痕，蹲在那里守着些纸钱灰哭泣。一个婆子恶狠狠地走来拉着藕官，说要带她去见奶奶们。宝玉忙拦住，谎称是他让藕官烧纸钱的，那婆子才离开。宝玉问藕官："你在为谁烧纸？"藕官不答，只哭着让宝玉去问芳官，说完也走了。宝玉听了，心下纳闷，只得踱到潇湘馆，见黛玉越发瘦得可怜，问起来，比以前好了很多。黛玉见他也比之前瘦多了，想起以前的事，也流下泪来，说了几句，就催宝玉回去调养。

宝玉回房后正想找芳官问话，却见芳官正在和她干娘吵架。原来，芳官的干娘拿着芳官的月钱，却将亲女儿用过的剩水给芳官洗头。芳官气不过，便和她干娘吵了起来。宝玉为芳官鸣不平，让袭人去照看芳官。袭人命人将自己的洗发用品给芳官。芳官干娘见了越发羞愧，对芳官又骂又打，连晴雯过来劝架也不顶事，直到麝月出马，芳官干娘才不敢吭声。

袭人等去吃饭时，宝玉使眼色让芳官留下，跟芳官说了藕官的事，又问："她祭的到底是谁？"芳官听了，眼圈一红，叹了口气，才道："她祭的是死了的菂（dì）官。"原来，菂官生前是小旦，藕官是小生，两个人假戏真做，走得越来越近了。菂官死时，藕官哭得死去活来，至今不忘菂官，后来蕊官补了小旦，发现藕官待蕊官也一样的温柔体贴。

芳官等人问她："为什么得了新的就忘了旧的。"藕官说："不是忘了，就像男人死了女人，也有再娶的，只是不把死的丢了就是有情分了。"宝玉听了，又喜又悲，又称藕官说得好。

藕官烧纸祭菂官示意图

经典名句

绿叶成阴子满枝。

一个巴掌拍不响。

物不平则鸣。

经典原文

一时芳官又跟了他干娘去洗头。他干娘偏又先叫了他亲女儿洗过了后，才叫芳官洗。芳官见了这般，便说他偏心①："把你女儿的剩水给我洗？我一个月的月钱都是你拿着，沾我的光不算，反倒给我剩东剩西的。"她干娘羞恼变成怒，便骂她："不识抬举②的东西！怪不得人人都说戏子没一个好缠③的，凭你什么好的，入了这一行，都学坏了！这一点子小崽子也挑幺（yāo）挑六，咸嘴淡舌，咬群的骡子似的。"娘儿两个吵起来。

注释：①偏心：指心存偏向，不公正。②不识抬举：指不懂得别人对自己的好意。③好缠：容易应付。

课外试题

芳官为什么和她干娘吵起来？

答案：芳官的干娘是因为先让亲女儿洗了头，一事上的不公平待遇，以及干娘长期以来的偏心。

第五十九回

柳叶渚 春燕被打骂

人物 春燕

性格 直爽伶俐、明白事理

身份 宝玉的丫鬟，何妈的女儿

点题

莺儿折花柳编花篮，听春燕说她姑妈承包了这里，不让人折花柳，便跟春燕的姑妈说，是春燕折给她编的，导致春燕被她姑妈和她娘打骂。

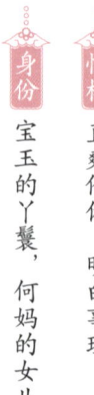

贾母、王夫人等送灵去了。这天清晨，湘云犯了桃花癣（xuǎn），问宝钗要蔷薇硝（xiāo）擦。宝钗也没有，便命莺儿找黛玉借。蕊官趁机跟着去见藕官。到了柳堤，只见柳枝才生出嫩叶，莺儿折下柳条和花朵编了花篮，送给黛玉。

莺儿拿了蔷薇硝，和蕊官、藕官一路回到柳堤。莺儿又采些柳条，坐在山石上编了起来。正编着，只见何妈的女儿春燕走过来，问藕官到底和她姨妈有什么恩怨，前天烧纸时她姨妈要去告藕官的状。藕官便说是在梨香院时，因钱财之事两人积下的怨。

春燕笑道："我妈和我姨妈越老越看重钱了，自从我妈和我姨妈被派到梨香院，藕官认了我姨妈，芳官认了我妈，这几年手头宽裕多了。到

莺儿和春燕的姑妈开玩笑，说花柳是春燕摘的，春燕姑妈信以为真，就打春燕出气。春燕哭着跑进怡红院诉说委屈。

了这园子里，还是贪得无厌。你现在又跑来弄这个，这里是我姑妈管着的，让我们来照看，一根草也不许人乱动。你还掐这些好花，又折她的嫩树枝，等下她们来了，你看她们抱怨。"

莺儿听了，说道："别人掐不得，独我使得，自从分了地之后，每日各房里必要送的，只有我们姑娘说了：'一概不用送，等需要再和你们要。'也没要过一次。我今便掐些，她们也不好意思说。"正说着，春燕的姑妈夏婆子就拄了拐走来，见采了许多嫩柳和鲜花，很不高兴，又不好说莺儿什么，只骂春燕不好好照看。莺儿开玩笑说是春燕摘下叫她编的。婆子正没处出气，听了这话便拿起拄杖打了春燕几下。

这时，春燕的娘何妈也来了，也误信莺儿的话，抬手打了春燕一个耳光，又指桑骂槐地骂莺儿。春燕哭着跑去怡红院，她娘连忙去追，不小心摔了一跤。莺儿三人见了，都笑了。莺儿赌气将花柳都抛进河里，回房去了。

春燕跑进院中，见袭人便抱住说："姑娘救我。"袭人见何妈来了，气得训斥何妈不知王法。何妈却让袭人别管，说着又去打春燕。麝月给春燕使了个眼色，春燕便向宝玉跑去。麝月趁机命小丫头去请平儿。小丫头回来说："平姑娘说，叫先撵她出去，告诉林大娘，在角门子上打四十板子就是了。"何妈听了，吓得泪流满面，央求宝玉不要撵她出去。袭人和宝玉心软便让她留下了。

不久，平儿来了，问是怎么回事。袭人等忙说："已完事了，不必再提了。"平儿笑道："'得饶人处且饶人'，这算什么事。这三四日的工夫，一共大小出了八九件呢，比这里的还大，可气可笑。"袭人等听了，都很诧异。

经典名句 得饶人处且饶人。

经典原文 那婆子本是愚夯(hāng)①之辈，兼之年迈昏眊(mào)，惟利是命，一概情面不管。正心疼肝断，无计可施，听莺儿如此说，便倚老卖老②，拿起拄杖向春燕身上击了两下，骂道："小蹄子，我说着你，你还和我强嘴③儿呢。你妈恨的牙痒痒，要撕你的肉吃呢，你还和我梆（bāng）子似的！"打的春燕又愧又急，哭道："莺儿姐姐顽话，你老就认真打我。我妈为什么恨我？我又没烧胡了洗脸水，有什么不是！"莺儿本是顽话，忽见婆子认真动了气，忙上去拉住，笑道："我才是顽话，你老人家打他，我岂不愧？"

注释：①愚夯：意思是笨拙迟钝。②倚老卖老：意思是年纪较大的老人，摆老资格，认为所有人必须要谦让和体谅的老人。③强嘴：顶嘴。

课外试题

莺儿为什么说她掐花，何妈不会说她？

答案 因为莺儿和一伙姐妹正在这掐花，并且还蕾薇姨妈他们来了吃酒，莺儿掐花作为了兴头，何妈不好说。

第六十回

茉莉粉替去蔷薇硝（xiāo）

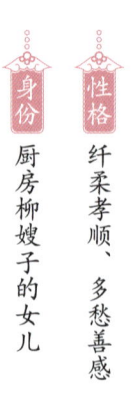

人物 柳五儿

性格 纤柔孝顺、多愁善感

身份 厨房柳嫂子的女儿

点题

贾环向芳官讨要蔷薇硝，芳官却用茉莉粉替代，惹得赵姨娘大闹一场。芳官跟柳五儿交好，将玫瑰露送给五儿，五儿母亲又送给她侄子。

春燕和何妈去给莺儿道歉，回来时将蕊官托她带回的一包蔷薇硝交给芳官。春燕将蔷薇硝交给芳官时，贾环也在宝玉房中，便向芳官讨要一些蔷薇硝。芳官因是蕊官所赠不愿送人，便回身去房中拿自己之前的，谁知竟没有了，便用茉莉粉替代蔷薇硝给了贾环。

贾环把茉莉粉当作蔷薇硝送给彩云，并说是芳官送的。彩云打开一看，笑道："这不是蔷薇硝，这是茉莉粉。"

赵姨娘愤恨芳官轻视贾环，命贾环去找芳官算账。贾环怕探春，不敢惹事。赵姨娘气得边骂贾环，边拿了那包茉莉粉，飞也似地跑去怡红院。路上，赵姨娘被夏婆子教唆几句，更觉得自己理直气壮了，进了怡红院，一见芳官，就将茉莉粉向芳官脸上摔去，边打边骂："你是我们家银子钱买了来学戏的，不过娼妇粉头之流，拿这个哄他。"

芳官哪里禁得住这话，边哭边说："没了蔷薇硝，我才把这个给了他。我又不是姨奶奶家买的。'梅香拜把子——都是奴才'罢咧。"赵姨

贾环向芳官讨要一些蔷薇硝，芳官因是蕊官所赠不愿送人，便去房中拿之前的，谁知竟没有了，便用茉莉粉替代蔷薇硝给了贾环。

娘听了，气得打了芳官两个耳光。芳官挨了两下打，哪里肯依？便打滚撒泼地哭闹起来。众人一边劝一边拉。

葵官、豆官、藕官、蕊官听说芳官被欺负，都跑来了。豆官先一头向赵姨娘撞去，差点将赵姨娘撞倒，其他三人也拥了上去，放声大哭，手撕头撞,把赵姨娘裹住。芳官直挺挺躺在地上,哭得死了过去。

正闹得不可开交,只见尤氏、李纨、探春三人带着平儿与众媳妇走来,把四个人喝住。探春将赵姨娘劝走,又命人去查是谁教唆赵姨娘的。

到了晚上,宝玉因想吃些凉菜,便吩咐芳官去厨房传话。厨房里柳家的见芳官来了,赶忙迎上前问明来意,又一边请芳官进来坐坐,一边自己急忙去准备。芳官刚走进来,忽然瞧见一个婆子手里托着一碟糕。芳官便打趣道:"是谁买的热糕呀?我先来尝一块。"夏婆子的外孙女小蝉一只手接住那碟糕,说道:"这是人家买的,你们还稀罕这个!"柳家的见了,连忙笑道:"芳姑娘,你喜欢吃这个?我这里有刚买下来准备给你姐姐吃的。她还没吃呢,干干净净没动过。"说着,便拿了一碟出来,递给芳官,又说道:"你等我进去给你炖口好茶来。"一边说着,一边走进厨房,开火炖茶。芳官便拿着热糕,举到小蝉脸前说:"稀罕吃你那糕?这个不是糕不成?我不过说着玩罢了,你给我磕头,我也不吃。"说着,便将手里的糕一块一块地掰了,扔打雀儿玩,嘴里笑着说:"柳嫂子,你别心疼,我回来买二斤给你。"小蝉气得怔怔的,瞅着芳官说道:"雷公老爷也有眼睛,怎么不打这作孽的人!"众人都说道:"姑娘们别闹了,天天见了就吵吵。"小蝉也不敢过分说芳官,一面嘟囔着走了。

无人时,柳家的问芳官,她女儿柳五儿想进怡红院当差的事,有没有跟宝玉提起。芳官说还要等一两天。听说五儿爱吃玫瑰露,芳官回房后便跟宝玉要了一瓶送给五儿。柳家的因侄子生病,便拿些玫瑰露给他送去。柳家的回园子时,她嫂子将一包茯苓(fú líng)霜送给她。

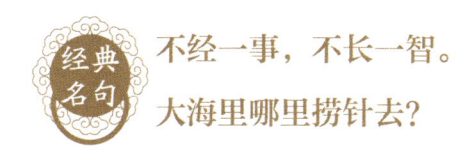

经典名句 不经一事，不长一智。
大海里哪里捞针去？

经典原文 当下藕官蕊官等正在一处作耍，湘云的大花面葵官，宝琴的豆官，两个闻了此信，慌忙找着他两个说："芳官被人欺侮，咱们也没趣，须得大家破着大闹一场，方争过气来。"四人终是小孩子心性①，只顾她们情分上义愤，便不顾别的，一齐跑入怡红院中。豆官先就照着赵姨娘撞了一头，几乎不曾将赵姨娘撞了一跤。那三个也便拥上来，放声大哭，手撕头撞，把个赵姨娘裹住。晴雯等一面笑，一面假意去拉。急的袭人拉起这个，又跑了那个，口内只说："你们要死啊，有委屈②只管好说，这样没道理还了得了。"赵姨娘反没了主意，只好乱骂。蕊官藕官两个一边一个，抱住左右手，葵官豆官前后头顶住。四人只说："你只打死我们四个就罢！"芳官直挺挺躺在地下，哭得死过去。

注释：①心性：指性情、性格。②委屈：指受到不应该有的指责或待遇，感到心里难过。

课外试题

芳官用茉莉粉替代蔷薇硝送给贾环，你觉得赵姨娘怎么做才比较妥当？

答案 赵姨娘应先弄清楚了事情情况，弄清是芳官是否故意用茉莉粉替代蔷薇硝，将责其责任再进行合适合理的处决。

编 纂 委 员 会

罗先友	人民教育出版社，原副社长，编审，文学博士，原《课程·教材·教法》和《小学语文》主编
纪连海	北京师范大学第二附属中学，高级教师（历史），CCTV《百家讲坛》主讲嘉宾
赵玉平	中国传媒大学经济管理学院，教授，CCTV《百家讲坛》主讲嘉宾
李小龙	北京师范大学文学院，教授，副院长，博士生导师
许盘清	上海大学文学院，教授；自然资源部海洋发展战略研究所，特聘研究员
朱　良	北京师范大学地理科学学部，副教授，《地图学》精品课程主讲教师
左　伟	中国地图出版社，原核心编辑，编审，地理学博士
陈　更	北京大学，博士，CCTV《中国诗词大会》第四季总冠军，山东卫视《超级语文课》课评员
左　栋	自然资源部地图技术审查中心，高级工程师（地图制图学与地理信息工程）
郗文倩	杭州师范大学人文学院，教授，博士生导师
李　园	南京师范大学教师教育学院，教师教育实训中心副主任
李兰霞	北京交通大学语言与传媒学院，副教授，硕士生导师
吴晓棠	南京师范大学教师教育学院，讲师
王　兵	南京市教学研究室，历史教研员，高级教师（语文）
杨　俊	无锡市锡山区教师发展中心，教研室副主任，高级教师（语文）
陈　娟	江苏省新海高级中学，副校长，正高级教师（语文）
贺　艳	深圳市龙岗区南师大附属龙岗学校，副校长，高级教师（语文）
陈启艳	湖北省宜昌市外国语初级中学，正高级教师（语文）
冒　兵	南京航空航天大学苏州附属中学，正高级教师（语文），江苏省教学名师，苏州市学科带头人
陈剑峰	南通市第一初级中学，正高级教师（语文）
王　辉	湖北省宜昌市外国语初级中学，高级教师（信息技术）
刘　瑜	江苏省天一中学，高级教师（语文），无锡市学科带头人
刘期萍	深圳市龙岗区南师大附属龙岗学校，教学处副主任
万　航	湖北省宜昌市外国语初级中学，高级教师（地理）

编 辑 部

策　　划：王俊友、赵泓宇

原　　著：曹雪芹、高　鹗

地图主编：许盘清、许昕娴

撰　　文：陈元桂

责任编辑：王俊友

统筹编辑：姬飞雪

地图编辑：杨　曼、刘经学

文字编辑：高　畅、戴雨涵

插　　画：孙　温

装帧设计：今亮后生

审　　校：高　畅、李婧儿、杨　曼、刘经学、黄丽华

外　　审：纪连海、赵玉平、李小龙、郗文倩、陈　更、李兰霞

审　　订：郝　刚、左　伟